VALERIAN E A CIDADE DOS MIL PLANETAS

VALERIAN E A CIDADE DOS MIL PLANETAS

CHRISTIE GOLDEN

Tradução de
Lígia Azevedo

HarperCollins
Rio de Janeiro, 2017

HarperCollins
PUBLISHERS
Since 1817

Rua da Quitanda, 86, sala 218 – Centro – 20091-005
Rio de Janeiro – RJ
Tel.: (21) 3175-1030

CIP-BRASIL. CATALOGAÇÃO NA PUBLICAÇÃO
SINDICATO NACIONAL DOS EDITORES DE LIVROS, RJ

G566v
Golden, Christie
Valerian e a cidade dos mil planetas / Christie Golden ; tradução Lígia Azevedo. – 1. ed. – Rio de Janeiro : HarperCollins, 2017.
240 p.

Tradução de: Valerian and the city of a thousand planets
ISBN: 978-85-950-8134-5

1. Ficção americana. I. Azevedo, Lígia. II. Título.

17-42360 CDD: 813
CDU: 821.111.(73)-3

ESTE LIVRO É DEDICADO A TODOS
AQUELES QUE VEEM O MUNDO COM
OLHOS RENOVADOS E MANIFESTAM SUA
ESTUPEFAÇÃO E ADMIRAÇÃO COM O QUE VEEM;
AOS QUE FAZEM MÚSICA E SONHAM.

PRÓLOGO

As estrelas não eram eternas, mas eram tão antigas que nem dava para calcular a idade.

Seu olhar imparcial testemunhou muitos eventos no sistema governado pelo Sol, especialmente a atividade envolvendo o terceiro planeta que girava em sua órbita.

Pelo calendário daquele mundo, no ano de 1975, algo importante aconteceu fora de sua atmosfera.

De diferentes lugares desse planeta, conhecido por seus habitantes como Terra, duas nações lançaram o que mais tarde seriam consideradas naves espaciais primitivas. Pela primeira vez na história, duas dessas espaçonaves seriam acopladas no espaço, e seus tripulantes poderiam se mover livremente entre elas.

O breve "aperto de mão espacial", tanto no sentido literal quanto no figurado, ocorreu entre o astronauta, brigadeiro e general Thomas Stafford, da nave *Apollo*, e o general e cosmonauta Alexei Leonov, da *Soyuz*.

Houve sorrisos, alegria e um sentimento de unidade, e os dois homens se tornaram amigos durante as décadas seguintes.

O que aconteceu em 1998, na estação espacial Alfa, na órbita daquele mundo azulado, não consistiu apenas no encontro entre duas nações. Quando a espaçonave europeia *Hermès*, construída no mesmo ano do aperto de mão histórico, acoplou-se à estação, o gesto representou uma coalizão de nações. O espaço não era mais a província de alguns poucos humanos, mas rapidamente evoluía para pertencer a toda a humanidade.

A estação espacial cresceu com o tempo. Em 2019, a enorme nave espacial chinesa *Tiangong-3* foi calorosamente recebida na Alfa. O capitão da estação, James Crowford, então com trinta anos, cumprimentou com grande entusiasmo sua contraparte chinesa, Wuang Hu, que parecia não conseguir parar de sorrir. Mais tarde, historiadores apontariam esse momento como o marco do fim das tensões internacionais e o início do que foi a primeira grande era de cooperação humana.

O que muitos na Terra diziam ser impossível aconteceu. A humanidade continuou a trabalhar pela paz e pela cooperação no planeta, enquanto mantinha olhos e corações sintonizados com o milagre que acontecera no espaço. Os apertos de mão continuaram na vastidão do campo estelar.

A estação estava completamente estabelecida, e as estrelas distantes assistiram à glória e à paixão da Terra servirem como combustível. Oito anos depois, Alfa tinha crescido exponencialmente. Sua população já estava em oito mil habitantes. Mais nações se aventuraram nas estrelas, querendo fazer parte desse símbolo de união. Em 2029, todos os países do terceiro planeta a partir do Sol tinham ao menos um cientista a bordo para representá-lo.

Em 2031, um sistema de gravidade artificial foi instalado. Os habitantes da estação agora podiam andar tão facilmente pelos corredores quanto faziam na Terra. O capitão Crowford era um distinto homem de quarenta e um anos. Ele tivera a honra de receber capitães da Índia, dos Emirados Árabes Unidos, da Coreia, da África, da Austrália, do Brasil e do Japão — este último, em vez do icônico "aperto de mão espacial", ofereceu e aceitou a tradicional reverência.

As estrelas continuavam observando em silêncio, à distância. A estação se expandiu, seus números dilatados não apenas por representantes militares e oficiais, mas também por famílias. Elas assistiram à história — não apenas da humanidade, mas do restante da galáxia —, ser feita em 2150, quando a Alfa tinha mais de três quilômetros de extensão e cem mil habitantes. Mas, até aquele momento, todas as construções da estação, todas as espaçonaves atracadas e todos a bordo davam a impressão de acolhedora familiaridade.

A nave que se aproximava naquele momento, não.

Parecia mais uma criatura saída de um pesadelo do que uma nave espacial — preta, quitinosa, coberta por dezenas de espinhos afiados e assustadores. A iluminação vinha de dentro — um tom carmesim embotado, que se via em algumas escotilhas posicionadas nas laterais e em duas na proa, se é que uma nave tão estranha poderia ter algo tão ordinário como uma "proa".

O capitão Joshua Norton, conhecido por seus modos um tanto galanteadores, com barba bem aparada e olhos penetrantes, escreveria depois em suas memórias:

A nave parecia algo tirado de um romance de Júlio Verne, mais um ser vivo que um veículo. Como ela estava inclinada, podia-se ver que as escotilhas da extremidade superior localizavam-se na face superior da fuselagem. A impressão que se tinha era de uma criatura enorme e perigosa, erguendo-se sobre a infeliz Alfa, com dois olhos vermelhos brilhando de ansiedade. Eu esperava que a qualquer momento uma boca enorme se abrisse e nos engolisse inteiros. A palavra "alienígena" nunca pareceu mais apropriada.

Norton esperou pelos alienígenas no salão cerimonial da estação. "Tentei manter a calma", revelou ele, seis décadas depois.

Nossa comunicação com a espécie dos kortân-dahuks, que se originou nas Plêiades, a cinco mil anos-luz do nosso sistema solar, foram sempre civilizadas. O choque do primeiro contato — nossa primeira confirmação de que não éramos a única raça senciente na galáxia — foi, é claro, relatado por historiadores e jornalistas, e representado por artistas e poetas. Hoje, não parece nenhuma novidade interagir fisicamente com um alienígena. Mas é preciso lembrar o choque e a surpresa de tal novidade para as pessoas presentes naquele salão, todas suando e sem dúvida recitando em silêncio suas preces.

Como eu disse, nossas relações até então tinham sido civilizadas. Eles nos disseram estar explorado a galáxia não buscan-

do conquistas, mas arte e beleza, que é o coração da cultura de sua espécie. Torcíamos pelo melhor. Mas não sabíamos.

A última escotilha abriu.

Três alienígenas saíram de sua nave para a estação.

Eram um pouco mais altos que seus anfitriões e ligeiramente humanoides ("Uma palavra tão terracêntrica", lamentou Norton, "e ainda não temos uma melhor."), mas as similaridades terminavam aí. Norton e os outros delegados reconheceram braços e pernas, cabeças com olhos, bocas e orelhas, mas eram todos apêndices presos a corpos reptilianos, com rostos sem nariz.

A cor predominante de sua pele era laranja, com azul, amarelo e vermelho se matizando os rostos sem nariz. Lábios acinzentados e salientes apresentavam linhas severas. Usavam armadura no peito, nos braços e nas pernas, e os pés terminavam no que, aos olhos humanos, pareciam cascos fendidos.

Todos sabíamos que era um ponto de virada. História estava sendo feita. Mas que tipo de história? Parecia que tudo no mundo — no nosso, pelo menos — estava em risco, pelo espaço de tempo que nossos corações levaram para voltar a bater... e acelerar.

De acordo com os relatos, nesse momento importante, Norton engoliu em seco. Abriu um sorriso e esticou uma mão ligeiramente trêmula.

"Bem-vindos a bordo", disse.

Um dos kortân-dahuks traduziu aquilo para seu líder. Houve uma pausa; as expressões alienígenas eram indecifráveis para os humanos, que nunca tinham visto nada parecido.

O líder, mais alto que Norton, deu um passo à frente. Tomou a mão do capitão e a apertou com vigor.

A estação — e todos os que estavam vendo — soltou um suspiro de alívio.

As coisas mudaram bastante depois do primeiro contato. Espécies que até então eram inimagináveis, mas que logo se tornariam velhas conhecidas e até aliadas, passaram a interagir com humanos e tornaram a estação espacial seu lar.

Mercúrios, seres que com o tempo se transformaram de orgânicos em minerais. Analíticos, quase sem emoções, eram quase mais alienígenas que os kortân-dahuks. Seus "embaixadores" mais acessíveis, os politicamente astutos doghan-daguis, eram imprescindíveis para facilitar a comunicação entre os humanos e esses seres também conhecidos como Espelhos.

Os palm-murets vieram em seguida. Seres gasosos envoltos em trajes metálicos, com máscaras elaboradas e intimidadoras que escondiam sua natureza pacífica. As estrelas também assistiram à chegada dos arysum-korman, uma raça nômade de exploradores e viajantes que se orgulhava de conhecer todas as espécies da galáxia.

Os KCO2s, seres que se alimentavam das emoções negativas dos outros, foram recebidos com sentimentos mistos. Embora precisassem ficar perto de seres que experimentassem medo, dor ou desespero, o fato de se alimentarem de tais coisas, como Norton disse, de forma lapidar, "certamente aliviava o clima para o restante de nós".

Martapuraïs chegaram, apresentados aos humanos por seus aliados, os kortân-dahuks. Eram seres aquáticos, e o capitão que os viu pela primeira vez, Ezekiel Trevor, classificou o aparato que permitia que vivessem fora da água como "um escafandro antigo". Eram grandes, benevolentes e pareciam realmente seres do mar, com braços tentaculares. Sua cabeça ficava no centro do peito.

Quando os encontrou pela primeira vez, o carismático capitão Trevor, que já estava ficando careca, sorriu diplomaticamente e estendeu a mão. Piscando solenemente através do visor do capacete, o martapuraï estendeu seus dedos de tentáculo. Trevor manteve o sorriso no rosto quando seus dedos se fecharam nos apêndices grudentos e frios.

"Bem-vindos a bordo", ele conseguiu dizer, educado.

A humanidade, que zombava da mera ideia de vida extraterrestre, aos poucos começou a acolher não apenas uns poucos, mas dezenas e finalmente milhares de novas espécies.

Com o tempo, o que fazia da Alfa tão especial — as boas-vindas que dava a tantos seres sencientes — se tornou um perigo para o planeta que simbolicamente tinha aberto suas portas. Mas havia um modo de se manter hospitaleiro e proteger a vulnerável Terra ao mesmo tempo. E as estrelas também assistiram a isso.

Era hora de a Terra dar adeus e desejar boa viagem à estação espacial Alfa.

O discurso do presidente da Federação Mundial foi sem precedentes, e registros de tal momento histórico seriam vistos em todas as salas de aula na Terra enquanto ela existisse.

— A estação espacial intergaláctica se encontra em estado crítico. Agora ela é uma séria ameaça à Terra — anunciou o alto e elegante líder, de setenta e poucos anos, cujo cabelo outrora loiro agora era grisalho. Seus penetrantes olhos azuis encaravam a câmera ao discursar. — Em sua vasta sabedoria, o comitê central decidiu usar todos os recursos necessários para tirar a estação espacial da órbita terrestre.

Imagens do rosto esculpido e familiar do presidente eram intercaladas com as de centenas de naves que, como vaga-lumes, acoplavam-se à estação espacial com seus largos motores e quatro braços. Todas foram ativadas simultaneamente e, devagar e com firmeza, a gigantesca estação espacial foi afastada da Terra, escapando de sua força gravitacional. Então, as estrelas assistiram às naves menores se soltarem, deixando a Alfa se deslocar sozinha até seu futuro lar.

— Seu novo destino é a Corrente de Magalhães — prosseguiu o presidente. — Como o grande explorador Fernão de Magalhães, a estação Alfa segue rumo ao desconhecido, como um símbolo de nossos valores e de nosso conhecimento. Leva consigo uma mensagem de paz e união aos recantos mais distantes do universo! Nossos pensamentos e preces vão com ela. Boa sorte, e vá com Deus.

As estrelas, e muitos outros, assistiram à estação ser sugada pela corrente e se afastar, até não passar de outro minúsculo ponto em um universo repleto de estrelas para aqueles que habitavam a Terra.

CAPÍTULO 1

Planeta Mül, 2710, constelação QN34

A luz viva acima dela ondulava suavemente em filamentos brilhantes, em sintonia com as estrelas, as estações, o sol e o mar, como todas as coisas no mundo. Ela respondeu à iluminação crescente abrindo os olhos impossivelmente azuis, piscando com calma, acordando devagar e dando as boas-vindas ao novo dia com a mesma tranquilidade com que recebera o sono na noite anterior.

Seu olhar suave e sonolento se concentrou nos tons róseos e coral do quarto. A luz se espalhava pela escada em espiral, e as superfícies lustrosas da enorme parede e do teto feito de conchas refletiam o brilho, banhando o cômodo com um brilho rosado.

Sua pele também refletia a luz; um branco que era muito mais que uma cor única e imutável. Era decorada com imagens que mudavam de forma de acordo com seu humor: arte do espírito.

Pálida e celestial como o luar, sua pele macia e lisa guardava todas as cores do arco-íris misturadas em um brilho sutil, perolado e inconstante.

Ela era Lïho-Minaa, uma princesa.

Um ruído suave atraiu sua atenção e fez seu olhar desviar-se do familiar ambiente do quarto para seu melhor amigo, que sempre se aconchegava a ela enquanto dormia. Lïho-Minaa sorriu quando a criatura fungou feliz em seu pescoço com seu longo focinho, oferecendo a barriga peluda e incrivelmente macia para ser acariciada. Era pequena o bastante para caber na palma da mão, mas não tinha medo de ser esmagada por sua dona durante o sono — as escamas duras e pontiagudas em suas costas a acordariam antes que pudesse sofrer algum dano.

Movendo-se com a graça de uma onda, a princesa jogou as pernas para fora da cama, se espreguiçou e colocou seu amiguinho no leito antes de caminhar descalça até a enorme concha de marisco afixada na parede. A estrutura tinha duas funções: a parte de cima fora polida para funcionar como um espelho, ainda que imperfeito, e sua base guardava dúzias de pérolas enormes. A do meio, maior que a cabeça da princesa, servia como pia. Acima dela, ficava uma estrutura semelhante àquela suspensa sobre a cama da princesa, fornecendo luz, mas as próprias pérolas também emitiam um brilho suave e pulsante, conforme a energia multicolorida se deslocava sob a superfície lisa.

Li̍ho-Minaa sorriu para seu amiguinho que se demorava na cama. Ele abriu seu focinho delgado em um enorme bocejo, e ela riu. A princesa mergulhou seus dedos compridos e elegantes na concha, pegando punhados de pequenas pérolas. Como se fossem água solidificada, ela as levou até o rosto e passou na pele. Qualquer traço de sono desapareceu. Seus olhos azuis se iluminaram, sua pele se tornou ainda mais macia e lisa sobre a bela estrutura óssea. Ela se sentiu revigorada, restaurada, energizada, e cuidadosamente devolveu as pérolas às outras na concha.

Antes de sair, pôs um colar simples no pescoço comprido e esguio. Consistia apenas em uma corrente e uma única pérola. A princesa a tocou com delicadeza, e a pérola produziu um som e brilho leves.

Subindo as escadas, a princesa saiu para a alvorada. Li̍ho-Minaa raramente ficava triste. Sua vida, e a de seu povo, era cheia de ritmo, tranquilidade e beleza. Mas caso se sentisse melancólica, tudo o que precisava fazer era olhar em volta, para o que o mundo lhe mostrava.

Ela sentiu a areia branca e fina como talco sob os dedos dos pés, ouviu o som calmo e sem fim do oceano lânguido espraiando-se até a costa e em seguida recolhendo seus dedos molhados. Conchas enormes, de diferentes formas e cores, se espalhavam pela praia, algumas em meio à água rasa e turquesa: lar de famílias e amigos.

Ela pousou seu amiguinho no poleiro, do lado de fora de sua casa-concha — pequena em relação às outras —, e o acariciou gentilmente, antes de se voltar para a água espumante. O mar brincava com os pés de Lïho-Minaa, pálidos como a areia, enquanto ela se juntava aos outros de seu povo.

Alguns estavam dentro da água até a cintura, recolhendo redes finas carregadas de pérolas de todos os tamanhos. Eles as arrastaram até a areia, graciosamente, como se seus corpos também fossem feitos de pérolas. Crianças e adultos se aglomeravam em torno das redes, querendo ajudar a remover os preciosos tesouros e colocá-los em grandes conchas que serviam como cestas para carregá-los nas costas.

Mais para o interior havia pequenas crateras na terra, mais ou menos do tamanho de um círculo traçado por alguém que se deita no chão e estende os braços. Sorrindo, com os rostos banhados pelo brilho leitoso, aqueles que carregavam as conchas cheias de pérolas as esvaziaram na terra.

A ancestralidade daquela rotina era reconfortante. Lïho-Minaa virou-se em direção ao sol nascente e fechou os olhos por um momento. Quando os abriu, viu um brilho riscando o céu do crepúsculo: uma estrela cadente.

Não estava sozinha. Outra apareceu... e mais uma...

O medo tomou conta do coração da princesa quando o primeiro fragmento desconhecido — algo que definitivamente não era matéria estelar — aterrissou na água, atingindo e estilhaçando uma das casas-concha. Outros se seguiram, caindo rápido demais para que fosse possível contar, lançando esguichos de água no ar e abrindo crateras ferozes, que abriam chagas no mundo.

Gritos de terror tomaram o ar, e as pessoas começaram a se afastar do mar. Mas para onde poderiam correr? A princesa olhou para o céu, que outrora contivera nada além de estrelas, luas e luz do sol, enquanto os pedaços de metal variando do tamanho de um punho fechado ao de uma casa choviam sem dó no povo aterrorizado.

Sem saber o que fazer, ela virou para olhar outra parte do céu — e então viu.

Era enorme, inconcebível, e a princesa entendeu de imediato que não se tratava de uma simples nave, mas da própria morte.

Lïho-Minaa sempre vivera perto do oceano, acalmada por ele, e o amava por isso — seu embalo, sua música, seu cheiro. A família dela, no desejo de manter-se junto ao coração do povo que gentilmente governava, morava no vilarejo.

E a nave em chamas cairia diretamente sobre ele.

À sua volta, a terrível cacofonia nunca antes ouvida dos gritos.

Mas a princesa não se juntou ao coro.

Ela correu.

O vilarejo era uma coleção de conchas, suas formas graciosas agrupadas em torno de escadas em espiral e praças. O palácio real, lar do imperador Haban-Limaï e sua família, era uma coleção de conchas adornadas com esculturas refinadas e metal trabalhado. Ficava em um lugar de honra, no ponto mais elevado do vilarejo, divisando a costa e o oceano. Na frente dele ficava a maior praça do vilarejo. No passado, tinha sido um espaço de apresentações, tanto oratórias quanto musicais; tinha exibido dança e arte, e fora um agradável ponto de encontro.

Agora estava lotada de pessoas assustadas, com os olhos arregalados e aterrorizados focados no céu, enquanto pedaços de alguma imensa estrutura alienígena destruída atingiam perigosamente todos os lugares para os quais olhavam.

O imperador estava calmo e guiava seu povo de maneira sábia e cuidadosa. Todos os olhos se voltaram em sua direção, esperando, contra todas as expectativas, que de alguma maneira ele conseguisse deter o que estava acontecendo.

Assim que deixou o palácio ele se dirigiu a um de seus guardas, cuja testa e os olhos estavam sombrios de medo.

— O que está acontecendo? — perguntou o imperador na língua musical falada por seu povo.

— Ali! Olhe!

O guarda apontou além das curvas elegantes do vilarejo, para a enorme nuvem de fumaça preta se erguendo até o céu. Nem todo mundo morava no vilarejo. Muitos preferiam os arredores.

Onde a torre de fumaça horrenda estava.

Mas não era só aquilo que o preocupava. O imperador já tinha vivido muitos anos, e conhecia o efeito do impacto de um meteoro. Não se tratava daquilo. Era muito pior.

Seu próprio povo não seria o único a morrer ou se ferir.

— Pelas estrelas! — gritou o imperador. — Acionem os alarmes! Precisamos resgatá-los!

O mar de indivíduos correu na direção da fumaça. Peles pálidas e peroladas, testas escurecidas pela aflição, olhos apertados, preocupados e também sombrios. Quanto mais se aproximavam, menos esperança o imperador tinha de encontrar sobreviventes.

Uma enorme quantidade de metal preto retorcido, quebrado e queimado assentava sobre os belos cacos de conchas. Fazia tanto tempo que não havia guerra ou violência em Mül que o assunto se restringia às lendas e ao folclore. O imperador esperava que a nave tivesse caído do espaço devido a alguma falha mecânica, mas logo se deu conta de que era uma vítima da guerra, levando consigo muito mais do que a vida que abrigava entre suas paredes de metal.

Eles se aproximavam cada vez mais, sem encontrar ninguém cambaleando, tossindo ou mancando, ferido, mas vivo. Uma única escotilha estava aberta, por onde alguns dos malfadados tripulantes da nave tinham tentando inutilmente escapar do inferno.

De qualquer maneira, precisavam fazer alguma coisa. Era impossível que todos a bordo de uma nave daquela dimensão estivessem mortos...

— Procurem por sobreviventes e comecem as operações de resgate — ordenou o imperador. Ele próprio deu os primeiros passos corajosos para entrar na nave condenada. Não tinha ideia do que ia encontrar, mas sabia que precisava ver o que havia lá dentro. Precisava ajudar.

A suspeita preocupante se tornou certeza. No interior, encontraram apenas corpos carbonizados daqueles que outrora tinham sido seres vivos, mas que não haviam tido chance de sobrevivência. Não era mais uma missão de resgate, mas pessoas que tinham morrido daquela maneira tão horrível não mereciam ter seus corpos abandonados daquele jeito.

O imperador saiu da nave e começou a contar a triste notícia. Então uma sombra caiu sobre eles, como se algo inacreditavelmente grande estivesse tentando engolir o sol. Haban-Limaï olhou para cima. Seu pesar pelos alienígenas desconhecidos que haviam sido aniquilados pela violência da guerra foi substituído por horror.

Uma nave de mais de dez quilômetros de comprimento estava caindo do céu.

O imperador pensou nas casas lindas e frágeis de seu povo, cuja queda da primeira nave tinha reduzido a cacos pontiagudos. Sem dúvida a cidade de conchas não sobreviveria ao que estava prestes a acontecer.

Mas talvez a malfadada nave no solo pudesse oferecer um último consolo para aqueles que tinham se prontificado a resgatar sua tripulação.

— Todos para dentro! — gritou Haban-Limaï. — Protejam-se! Depressa!

Não havia muito tempo antes do fim. O imperador manteve um olho no desastre iminente e outro em seu povo, que corria, carregando as crianças rumo à única segurança possível. O medo o atingiu quando viu alguns de seus guardas se aproximando com a família imperial.

Um deles segurava Tsûuri nos braços, tão pequeno e aterrorizado.

Outro carregava o corpo preocupantemente imóvel de sua esposa, Aloi. Suas lindas roupas esvoaçantes estavam rasgadas e sujas de sangue. Haban-Limaï sentiu um alívio percorrer seu corpo quando ela gemeu e ergueu a cabeça em sua direção. Aloi estava ferida, mas viva.

— Entrem! Depressa!

Os dois guardas se apressaram em obedecer. O medo ainda tomava conta do coração do imperador quando ele segurou o braço de outro guarda e perguntou, esperançoso apesar de tudo:

— E a minha filha?

Os olhos do guarda se encheram de tristeza enquanto ele balançava a cabeça.

— Não a vi — respondeu.

O imperador pensou nos detritos que haviam caído como pedaços de estrelas, e seu coração se estilhaçou. Mas ele não podia se dar ao luxo do pesar, não naquele momento em que precisava manter a calma para proteger tantos dos seus quanto possível.

À distância, a nave finalmente caiu. A terra tremeu com violência, como se fosse algo vivo se retorcendo em agonia. Sons que atacavam os ouvidos com a força de um prego afiado acompanharam o horrível espetáculo da nave encontrando seu caminho até o chão, rachando e explodindo em uma bola de fogo.

Com os olhos colados na nave agonizante, o imperador esperou até o último minuto que seus súditos — chorando e tremendo — se lançassem escotilha adentro, então também mergulhou para a segurança e fechou a enorme escotilha com toda a força. Seus músculos se retesaram quando ele se agarrou ao estranho fecho e girou-o até sentir que se encaixava. Haban-Limaï ficou apoiado na porta por um momento, ofegante.

Seus olhos se voltaram para os sobreviventes. Trêmulos, em estado de choque, amontoados no chão de metal, todos encaravam-no com rostos inexpressivos. A imperatriz estava sendo atendida, e o filho olhou para ele, com lágrimas rolando por seu rosto pequeno e perfeito. O imperador foi até o garoto e o abraçou com força, apertando o rosto na pele macia do pescoço do menino. Tsûuri se agarrou ao pai, como se não fosse soltá-lo nunca mais.

Eles ouviram uma batida na porta. O imperador gelou. Não queria ver quem era. Não queria encarar os olhos assustados de um de seus amados súditos, tragicamente atrasado por poucos minutos. Mas era seu povo. Haban-Limaï lhes devia todo conforto possível em seus últimos momentos.

O imperador foi até a vigia da porta.

Ele pensou que não suportaria mais dor.

Estava errado.

O rosto assustado de sua doce e amada filha o encarava pelo vidro, com seus belos e enormes olhos azuis. Em seu semblante havia uma sombra de medo, que começava a ser amenizada ante a visão do pai, e um rosa-claro começava a tingir suas faces.

Havia tempo? Levaria apenas alguns segundos...

Mas a morte dela, a morte do mundo, se aproximava a uma velocidade perversa. Havia uma gigantesca bola de fogo nos calcanhares da filha, uma onda cruel amarelo-alaranjada prestes a incinerar tudo. Se ele abrisse a escotilha naquele segundo — se a deixasse entrar, se salvasse sua vida —, colocaria todo o seu povo em risco, porque talvez não conseguisse fechar a porta a tempo. Ávida, a bola de fogo entraria pela menor das frestas e então todos a bordo se juntariam aos cadáveres carbonizados da tripulação da nave.

Ela viu isso nos olhos do pai, e também os dela arregalaram-se ainda mais. A princesa golpeou a porta com suas mãozinhas. Tudo o que Haban-Limaï podia fazer era olhar para a filha com pesar, sua primogênita, a personificação de toda a bondade que ele via diariamente no mundo.

Depois de alguns segundos, as batidas ficaram mais lentas e pararam. Lágrimas começaram a rolar pelo rosto da princesa, mas já não havia terror em sua expressão. Só compreensão e tristeza.

Minha garotinha...

Tremendo, ela encostou a testa na janela circular.

— Lïho! — gritou o imperador, de coração partido.

— Pai!

Eles choraram, pai e filha, a alguns centímetros e a um universo de distância. Embora fosse um governante benevolente, Haban-Limaï era poderosíssimo. Havia muito pouco que não pudesse fazer.

Salvar sua preciosa filha era uma delas.

Desacostumado ao mais completo desamparo, o imperador apoiou a mão na vigia. A princesa engoliu em seco e também ergueu sua mão. Não havia contato, a conexão amorosa de pele com pele, mas era tudo o que ele podia dar. Mesmo assim, o simples gesto pareceu acalmá-la. Ela procurou controlar as lágrimas cristalinas e a si mesma, endireitando-se. O coração de Haban, tão maltratado naquele dia, se estilhaçou diante da expressão resoluta no rosto sem igual de Lïho.

A onda de destruição se aproximava, uma besta laranja e faminta, pronta para devorar tudo em seu caminho. Pronta para transformar a princesa em ossos negros e pele queimada, ou pior.

Lïho abriu um último sorriso para o pai. Nada trêmulo, nada frágil. Mas um sorriso forte, em paz e resoluto. Haban pensou que, em todos aqueles anos, nunca tinha admirado tanto alguém.

Ela se virou para encarar a morte. Não partiria em vão.

Lïho-Minaa abriu os braços e ergueu a cabeça, preparando-se para o abraço do fogo. Seu pai não queria ver, mas não podia desviar o olhar. Tinha que honrar a coragem dela. Precisava testemunhar o que viria.

No último instante, antes que as chamas envolvessem sua forma esguia, antes de transformarem-na em cinzas e lembranças, uma onda azul poderosa emanou do corpo de Lïho-Minaa.

A onda adquiriu uma velocidade assombrosa, deixando o planeta sitiado de Mül, varrendo as estrelas, subindo pela imensidão do espaço, luminosa como a garota de cuja morte havia nascido, deslocando-se velozmente rumo a...

CAPÍTULO 2

O jovem sentou-se, ofegante e com o coração disparado. Ele piscou, esfregando os olhos com a mão enquanto chegava a uma constatação bem-vinda: *Era só um pesadelo. Um sonho ruim. Não era real.*

Ele se esforçou para acalmar a respiração enquanto assimilava os arredores, talvez não tão etéreo, mágico e lindo quanto o oceano e a costa presentes em seu pesadelo, mas muito menos... bem... aterrorizante.

Olhou para a água tranquila do mar claro enquanto as ondas batiam gentilmente contra a areia branca e imaculada da praia. O som o acalmava. Valerian respirou fundo e deixou escapar o último traço de tensão em seus músculos enquanto observava o lento balançar das palmeiras verdes.

Seu humor melhorou quando se deparou com o leve balanço dos quadris da jovem de cabelos claros que, na opinião dele, era ainda mais bonita que a princesa em seu sonho.

Como ele, a visão estava com roupa de banho. Mas Valerian tinha certeza de que seu calção tinha demandado muito mais tecido do que o biquíni preto — parte de cima *e* de baixo — para ser fabricado.

Ela fizera balé quando criança e desenvolvera interesse por artes marciais com o passar dos anos. Conforme se aproximava, a graça e a força elegante prometidas por sua forma esguia, embora atlética, anunciavam esse dado biográfico para qualquer indivíduo com olhos. E ele *definitivamente* tinha um par muito grato naquele momento.

As longas pernas da jovem vieram deslizando até ele. Ela segurava um copo gelado de alguma bebida laranja, com um canudo e um guarda-chuva de florzinhas.

— Tudo bem? — perguntou Laureline, com os lábios levemente franzidos em preocupação. Ela ergueu o copo e levou o canudo à boca, as sobrancelhas erguidas, e parou diante da espreguiçadeira em que Valerian estava deitado.

— Tudo. Só tive um pesadelo. — Ele sorriu com a proximidade. — Estou me sentindo melhor agora.

— Ótimo. Talvez agora esteja disposto a se preparar para a missão.

Ela tomou um longo gole da bebida, olhando para ele, muito séria.

Parecia que Laureline nunca relaxava. Até o cabelo ela mantinha preso naquele momento, em um rabo de cavalo impecável e teso. Valerian imaginou as mechas soltas, esvoaçando levemente em torno de seu rosto perfeito, praticamente implorando que ele enrolasse nos dedos os fios compridos e macios.

— Essa é a última coisa que eu quero fazer agora.

— Deveríamos nos preparar — insistiu Laureline.

Valerian fingiu considerar a possibilidade.

— Bem... — começou ele. — Só de pensar nisso já me dá sede.

Em um movimento rápido, Valerian pegou a bebida com a mão direita, com a esquerda agarrou a mão de Laureline e puxou-a para perto, fazendo com que se deitasse ao seu lado. Então se apoiou no cotovelo e abriu um sorriso. Tomou um gole do drinque doce demais e disse:

— Ah, bem melhor.

Laureline olhou para Valerian como se ele fosse uma criança chatíssima.

— Nada profissional, major — ralhou ela, com a voz pesada de fingido desapontamento.

— Não se preocupe, sargento, acertei tudo no meu teste de memória.

— E quando foi isso? Há uns dez anos?

— Ontem! — respondeu Valerian, na defensiva.

— Impressionante. Mas o major já se esqueceu de algo hoje.

— Duvido muito — disse ele, distraído. Então, atormentado pela dúvida, perguntou com uma indiferença calculada: — O quê?

— Meu aniversário.

Pior. Coisa. Possível.

— Ah, não! — Valerian cedeu, mortificado e disposto a se arrastar dali até a Terra como punição.

Laureline se aproveitou de sua angústia para envolver a cintura dele com sua perna longa, adorável e forte, usando o peso de Valerian contra o próprio. Para sua surpresa, ela o virou tão bem quanto ele fizera com ela momentos antes. Sorrindo de leve, Laureline pegou a bebida gelada de volta.

Valerian observou Laureline sorver o líquido, nem um pouco chateado. Ela era ao mesmo tempo absolutamente confiável e imprevisível — uma bela combinação que Valerian jamais encontrara antes. Os dois trabalhavam juntos fazia dois anos, e nesse meio-tempo Laureline tinha desbancado, sem sombra de dúvida, todos os parceiros anteriores de Valerian. Não havia nada que ele não admirasse ou respeitasse nela. Mas havia um porém importante: ela parecia imune às qualidades de Valerian, que eram muitas, ainda que fosse ele mesmo quem afirmasse isso.

No momento, tudo estava bem em seu mundo. Laureline, sem mudar de posição, continuava entretida com sua bebida olhando para ele com seus olhos azuis esbanjando bom humor.

— Dizem que lapsos de memória são o primeiro sinal de senilidade — disse ela, estreitando os olhos. — Depois dos cabelos brancos, claro — corrigiu-se, e então puxou um fio da cabeça dele.

— Ai!

Ela mostrou o fio branco para Valerian como quem aponta uma arma.

— Viu? — disse, triunfante.

O cabelo dele era castanho-escuro. O fio ameaçador que Laureline lhe mostrava definitivamente não era dessa cor. Valerian o fitou por um momento antes de voltar os olhos para ela, desconfiado.

— Você tingiu quando eu estava dormindo!

Laureline riu.

— Ah, claro — retrucou ela, ainda com um sorriso no rosto. — Como se eu não tivesse nada melhor para fazer.

Cabelo branco. Ele já estava ficando velho, aos vinte e sete anos. Não era um pensamento feliz. Valerian voltou novamente a atenção para a jovem maravilhosa à sua frente, com o cabelo brilhando ao sol, glorioso e definitivamente *nada* branco.

Valerian esticou o braço e tirou uma mecha rebelde do rosto dela, tocando na pele.

— Me sinto péssimo por ter esquecido. — Então, com um sorriso ligeiramente lascivo, perguntou: — O que posso fazer para compensar?

— Iniciando descida em três minutos — disse uma voz entrecortada e elegante.

Perto deles, uma luz vermelha começou a piscar em um aparelhinho preto. Valerian fechou os olhos, irritado. *Péssimo timing*, pensou.

— Nada que possa ser feito em três minutos — disse Laureline com um grande sorriso enquanto se afastava de Valerian.

Ele esticou o braço, brincando e suplicando ao mesmo tempo.

— Qual é... — insistiu ele, sem nenhuma ilusão de que Laureline fosse ceder, mas pelo visto incapaz de não tentar mesmo assim.

Ela o censurou, fingindo seriedade, embora um leve sorriso a traísse.

— Não ouse começar algo que não pode terminar!

— Quem te ensinou uma bobagem dessas?

— Minha mãe.

— Ah... desculpa.

Valerian não estava dando uma dentro naquele dia. Cabelo branco, aniversário esquecido — como aquilo tinha acontecido? —, insultar a mãe dela...

Laureline pressionou a luz vermelha intermitente, e a realidade se intrometeu em seu paraíso privado.

As palmeiras balançando, lânguidas, ao vento e o próprio movimento do oceano cessaram imediatamente. As nuvens pararam e as gaivotas que voavam se imobilizaram em pleno ar. O céu azul que se erguia sobre eles se estilhaçou como gelo, derretendo depressa para revelar o interior metálico preto e familiar de uma nave espacial, a *Intruder XB982* — ou, como Valerian gostava de chamar, a casa da Alex.

Ainda com roupas de banho, os dois agentes caminharam descalços pelos corredores da *Intruder*, Laureline depressa, pronta para trabalhar, e Valerian a seguindo como um cachorrinho esperançoso.

— Qual é, Laureline — insistiu enquanto passavam por fileiras de monitores, trajes espaciais e inúmeros equipamentos. — Sei que você sente alguma coisa por mim. Por que negar o óbvio?

Laureline lançou um olhar que era ao mesmo tempo severo e divertido. Valerian não entendia como a jovem conseguia fazer aquilo.

— O óbvio?

O sarcasmo ácido que escorreu das palavras poderia ter corroído as paredes da nave.

Valerian não se deixou abalar.

— Claro. — É claro que ele estava brincando. Ao menos em parte. — Não leve a mal. É natural. Garotas certinhas que estudaram nas melhores faculdades sempre se interessam por aventureiros espaciais como eu.

— Minha educação universitária de alto nível me ensinou a *ficar longe* de caras como você — retrucou Laureline, parecia não ter nenhum problema em seguir essa alegada recomendação.

Mas Valerian prosseguiu, como um vendedor experiente que sabe que só tem mais trinta segundos para concluir a venda.

— Você não vai encontrar ninguém melhor no mercado — garantiu ele. — Dá só uma olhada.

Valerian se endireitou diante dela, mas como Laureline se recusou a desacelerar o passo, ele precisou ir andando de costas enquanto tentava despertar o interesse da potencial compradora. Valerian abriu os braços, indicando sua boa forma física.

— Bonito, inteligente...

— Modesto! — completou ela.

Valerian notou que, apesar de tudo, Laureline sorria. Era um jogo recorrente entre eles. Valerian gostava daquilo — mesmo que nunca terminasse como ele queria — e sabia que ela também gostava. Laureline não cedia fácil. Se não gostasse da brincadeira, teria colocado um fim naquilo logo no começo. Com um gancho de direita que não deixaria dúvida quanto aos seus sentimentos, por exemplo.

Então ele prosseguiu:

— Corajoso...

Valerian disse isso em tom sério, fazendo uma pose heroica que era de fato impressionante, considerando-se que ele estava andando rápido e além do mais de costas.

— Suicida — corrigiu Laureline.

— Determinado.

Ela não tinha como argumentar contra aquilo, visto que Valerian provava suas palavras no exato momento.

— Teimoso.

Ok, talvez ele tivesse que admitir isso.

— Fiel — continuou Valerian.

A palavra estava ali, jogada por algum impulso que naquele instante o deixava perplexo. Não tinha sido isso que pretendia dizer. Tinha saído espontaneamente... porque era verdade. Por um momento, os dois pararam com o jogo e se encararam de olhos arregalados.

Então Laureline baixou a cabeça e passou por ele, murmurando:

— A si mesmo.

Valerian ficou irritado, bravo, sem saber muito bem o motivo. Com Laureline ou consigo próprio?

— Por que você não fala o que sente em vez do que está pensando, para variar? — perguntou ele.

Laureline lhe lançou um olhar frio por cima do ombro.

— Porque não tenho o menor interesse em ser apenas mais um nome na sua lista de conquistas.

— De quem você está falando? Que lista?

— Alex, pode nos mostrar?

Dúzias de imagens humanoides surgiram em uma das muitas telas, uma depois da outra. Ligeiramente em pânico, Valerian as observou, como se as mulheres estivessem prestes a atacá-lo.

A mulher atraente diante dele poderia realmente ser capaz de tal coisa. Laureline passou por Valerian com uma expressão tensa. O rosto dele ficou quente. Como ela sabia de tudo aquilo?

— Ei! — protestou ele. — A maior parte não passa de colegas de trabalho.

Era verdade.

Mais ou menos.

Laureline se virou e ergueu uma sobrancelha.

— Jura? Colegas de trabalho?

Ele assentiu.

— Nesse caso, cadê a *minha* foto?

Como Valerian não sabia como responder, ficou olhando para ela como uma criatura da floresta diante de um raio de luz brilhante.

— Pois é — disse ela, e pareceu a ele que havia emoção genuína nas palavras. — Foi o que pensei.

Valerian a pegou pelo braço.

— Laureline, essas garotas não significaram nada para mim. Tá, eu admito que quando era mais novo me faltava um pouco de... foco... Mas e daí?

A sargento apontou para uma das imagens, uma mulher deslumbrante, com pele escura e olhos risonhos.

— Sua última "falta de foco" foi há uma semana.

Valerian era um grande piloto, mas nem mesmo os melhores conseguem aterrissar sem nenhum tipo de dano. Ele sabia quando uma nave estava prestes a bater ou, pior ainda, explodir. Estava experimentando isso naquele momento e, desesperado para alterar o rumo do possível romance, ligou seu charme no nível máximo.

— Com você é diferente. Você sabe. Meu coração é seu e de mais ninguém!

Aquilo não comoveu Laureline nem um pouco.

— Meu coração vai pertencer ao homem que só tiver *meu* nome na lista dele.

— É isso que eu estou dizendo! Eu sou esse homem!

Laureline sorriu, suavizando a expressão. A raiva tinha desaparecido de seus olhos azuis, embora suas palavras não fossem menos devastadoras porque estavam sendo ditas gentilmente.

— Sua falta de lógica é uma gracinha. Você é muito sedutor, sabia? — Laureline teve que admitir, e por um glorioso segundo Valerian pensou que a tinha conquistado. As palavras que vieram a seguir provaram o contrário: — Mas por que perde o interesse na garota assim que a conquista?

— Porque estou procurando a mulher perfeita.

Ela revirou os olhos.

— Como sei bem quem você é, melhor continuar procurando.

— Isso não é crime!

— Seu crime é ter medo de compromisso!

Valerian riu.

— Eu? Medo de compromisso? Tenho sete medalhas de honra.

Laureline parou.

— Ninguém ganha medalhas de honra por se manter fiel a algo dia após dia. Elas são dadas por momentos de coragem excepcional. Imprudência, até. Surgir, salvar o dia e correr antes de ter que pagar o preço por sua coragem. Você é bem rápido, Valerian. Corre para as coisas e para longe delas com a mesma facilidade. Talvez seja tudo o que sabe fazer. Quantos anos você tinha quando sua mãe morreu? Seis?

Uma torrente de emoções pouco familiares passou por Valerian.

— Ah, Laureline — disse ele, com um tom de voz quase, quase, frio. — Me poupe dessa psicologia barata. Isso não tem nada a ver com a minha mãe.

O dia em que ele recebeu a notícia tinha ficado permanentemente gravado em sua memória. Na época seu nome era Valentin Twain, e sua mãe, Sarah, era parte de uma comitiva diplomática em visita aos boulan-bathors. A espécie gigantesca e pesada estava se tornando cada vez mais hostil à ideia de expandir a estação espacial Alfa, e Sarah estava a bordo de uma nave que foi bombardeada. O mundo de Valerian virou de cabeça para baixo. Ele foi morar com a avó, enquanto seu pai...

Valerian engoliu em seco e umedeceu os lábios.

— Eu tinha cinco anos, se você quer saber. Cinco anos e três meses, para ser exato.

Não havia bom humor ou qualquer traço de brincadeira nessa resposta. O rosto de Laureline se suavizou, e ela pareceu se sentir um pouco culpada. Ficou inquieta, deslocando o peso do corpo de um pé para outro.

— Desculpa — disse Laureline, sincera. — Não quis trazer tudo isso à tona.

Valerian abriu um sorriso amarelo e enfiou aqueles sentimentos pouco familiares de vulnerabilidade e tristeza lá no fundo, de onde nunca deveriam ter saído.

— Tudo bem. Eu te perdoo se você me der um beijo.

Laureline sorriu. Valerian também. O desconforto fora substituído pelo flerte agradável e familiar, ainda que infrutífero. Ela tocou a bochecha dele com gentileza e afeição. Um arrepio percorreu o corpo de Valerian.

— Vamos nos atrasar — disse Laureline, virando-se para entrar na ponte da *Intruder*.

Como em todas as outras áreas da nave, a ponte era de metal preto e tinha iluminação azul. Com formato oval, era grande o bastante para comportar uma cabine com dois lugares, uma mesa grande com um mapa que abarcava tudo — de uma simples rua a uma galáxia inteira — e dois veículos individuais conhecidos como sky jets. Valerian e Laureline tinham passado incontáveis horas ali, trabalhando em equipe, e o lugar lhes era mais aconchegante do que seus próprios quartos.

Valerian soltou um suspiro e seguiu Laureline respeitosamente, sentindo-se como um estudante que acabou de ouvir o sinal anunciando o fim do intervalo. Enquanto se acomodava na cadeira, falou com Alex, o computador de bordo.

— Oi, Alex.

— Olá, major. Sargento — respondeu Alex, com sua voz calorosa e profunda. — Espero que tenham aproveitado o tempo de descontração.

— Foi ótimo, obrigada — disse Laureline.

— É — concordou Valerian. — Só um pouco... frustrante.

— Algum problema com o simulador de ambiente?

— Não, tudo certo — garantiu Valerian, e então mudou de assunto: — Você já inseriu as coordenadas?

— Tomei essa liberdade para que pudessem aproveitar um pouco mais a praia.

— Ah, obrigada! — disse Laureline.

— De nada, sargento — respondeu Alex educadamente. — Vamos deixar o exoespaço em trinta segundos.

Os dois agentes afivelaram o cinto de segurança. Os pensamentos de Valerian vagavam da beldade ao seu lado, vivaz e definitivamente humana, para a trágica, lânguida e luminosa beldade de seu pesadelo, que não era nada daquilo.

Tinha sido tão real. A paz, o medo, o horror. Não fora como um sonho comum. Valerian tomou uma decisão.

— Pode pousar? — perguntou a Laureline.

— Sim, senhor.

— Alex, acesse meus registros cerebrais dos últimos dez minutos. Tive um sonho esquisito — ordenou Valerian.

Bem, esquisito não dá a menor ideia do que realmente foi.

— Será um prazer.

Uma enxurrada de diagramas apareceu no monitor, passando rapidamente em sucessão. Ainda que fossem incompreensíveis a Valerian, Alex era capaz de absorver toda aquela informação em poucos segundos.

— Viu algo anormal? — perguntou Valerian, ajeitando-se no assento. Estava mais preocupado do que imaginava.

— Sua atividade cerebral foi um pouco mais intensa que o normal — confirmou Alex antes de acrescentar, suavemente: — Você recebeu ondas externas.

Como assim?

— Explique.

— Ondas que não se originaram da sua memória. Alguém enviou imagens para você.

Valerian ficou gelado.

— Sabe quem? Ou de onde elas vieram?

— Negativo — respondeu Alex, parecendo chateada. Ela não era uma pessoa, mas tinha personalidade e se frustrava quando não conseguia responder às perguntas que os agentes faziam. — Podem ter vindo do presente ou do passado, de qualquer ponto no universo.

— Saindo do exoespaço — completou Laureline.

O jovem major não respondeu. Estava ocupado considerando a análise preocupante de Alex. Por que alguém mandaria imagens para seu cérebro adormecido? Especificamente *aquelas*?

— Três — Alex começou a contar —, dois, um... Lançar!

A cabine estremeceu. A vastidão negra de espaço visível na enorme tela explodiu em milhares de filamentos antes de se transformar na imagem do planeta Kirian.

Era menor do que a Terra, sem nuvens para abrandar a superfície vermelha e rochosa. Era preciso usar toda a imaginação para concluir que um lugar daqueles seria capaz de abrigar vida, quanto mais originá-la. Mas era o caso, e Valerian e Laureline em breve estariam interagindo com seus habitantes. O lugar não era nada convidativo, mas sua próxima missão se cumpriria em sua paisagem desértica.

Laureline girou a cadeira e agarrou os controles.

— Controle manual — instruiu ela ao computador.

— Afirmativo — respondeu Alex. — Você está no comando, sargento. As coordenadas da aterrissagem estão disponíveis no B4.

— Obrigada.

A nave entrou com violência na atmosfera de Kirian, aproximando-se da superfície desolada, erma e aparentemente dura, com uma rapidez assustadora. A turbulência estava cada vez mais forte. Os dois agentes chacoalhavam em seus assentos. Valerian tinha quase noventa e dois por cento de certeza de que seus dentes estavam rangendo, mas Laureline não parecia se importar. Ela olhava para a frente com seus olhos azuis resolutos e concentrados, as mãos no controle como se estivesse em uma disputa de queda de braço com a nave.

— Calma — disse Valerian, a trepidação fazendo sua voz oscilar.

— Estamos atrasados — respondeu Laureline, conseguindo de alguma forma manter a voz estável ainda que seu corpo também estivesse chacoalhando com o movimento errático da nave.

— Melhor chegarmos atrasados do que mortos — sussurrou ele.

Dito isso, Valerian teve que se esforçar para afastar a ideia de morte, concentrando-se na velocidade com a qual se aproximavam de Kirian e esperançoso de sobreviver aos próximos minutos.

Exasperada, Laureline soltou o controle e ergueu as mãos.

— Quer dirigir?

— Mantenha as mãos no controle, por favor! — Valerian disse, esforçando-se para não gritar.

Com o rosto impassível, Laureline aparentava nem ter ouvido.

O suor escorria pela testa de Valerian. Com toda a educação e calma, ele disse:

— Laureline, você poderia colocar as mãos no controle, por favor?

— Vai parar de reclamar da forma como eu dirijo?

— Claro, desculpa. Você pilota muito bem. Não tem igual em todo o universo! — Valerian não tinha certeza de quem estava tentando convencer: Laureline ou a si mesmo. Provavelmente a ambos.

Ela sorriu para ele, com os olhos brilhantes.

— Obrigada!

Laureline tinha ganhado aquele *round*, e os dois sabiam disso.

Mas pelo menos ela voltou a assumir o controle da nave.

CAPÍTULO 3

— Vamos aterrissar em Kirian em dois minutos — anunciou Laureline. Havia um toque de orgulho em sua voz quando ela acrescentou: — Consegui compensar o atraso.

— Talvez eu deva assumir os controles por um momento — sugeriu Alex —, para que os dois possam colocar roupas mais apropriadas?

Valerian certamente não tinha se esquecido de que Laureline continuava de biquíni, mas o fato de que ele mesmo estava na cabine de uma nave de última geração usando nada além de um calção tinha lhe escapado.

— Bem pensado — disse Laureline, para a tristeza silenciosa de Valerian. — Sair do modo manual.

— Saindo do modo manual — respondeu Alex.

Laureline levantou-se e saiu para se trocar. Valerian acompanhou o movimento com os olhos com toda a atenção merecida, murmurando baixo:

— Caramba…

— Precisa de ajuda para controlar os hormônios, major? — ofereceu-se Alex, prestativa.

Por um breve instante, Valerian considerou a possibilidade.

— Não, obrigado — respondeu, e também se levantou para se trocar.

Eles desceram a rampa para a superfície de Kirian, uma planície de areia fina e macia interrompida por rochas salientes e escarpadas. A roupa que vestiam agora era um pouco mais recatada, mas não muito diferente em termos de adequação. O major usava short e tênis, com uma regata amarela por baixo de uma camisa florida espalhafatosa. A sargento o seguia em um vestido cinza, curto e fino, acenando para os seis soldados que aguardavam sua chegada com expressões sérias.

Ao menos, eram o que pareciam à primeira vista: soldados, apesar de seus esforços para se misturarem à multidão. Usavam roupas amarrotadas e largas cor de areia. Tinham panos amarrados na cabeça, com exceção de um deles, que se diferenciava pela barba volumosa e pela careca, que provavelmente funcionava melhor como camuflagem do que o tecido. Ponchos volumosos serviam para esconder sua excelente condição física, assim como inúmeros equipamentos e armas. Sua disciplina militar estava obviamente sendo testada pelo calor do planeta, que tinha deixado os rostos pálidos ruborizados e cobertos de suor.

Kirian era tão pouco acolhedora na superfície quanto aparentava ser do espaço. Algumas das enormes pedras tinham sido moldadas pelo tempo e pelo clima, seus cumes parecendo as dobras enrugadas de um cérebro apoiadas em estacas estreitas. Outras despontavam obliquamente do chão e pareciam afiadas. Todas se estendiam pelo deserto como testemunhas ancestrais de uma época caótica. A areia era macia e quente, e já tinha começado a grudar nas roupas e na pele.

A unidade de comando enfatizava a incongruência da situação ao se aproximar com um ônibus antigo que parecia tão solene e erodido pelo clima e pelo tempo quanto as rochas. Era pintado do que tinha sido um tom amarelo brilhante e agora não passava de um ocre sem graça e decorado com chamas enferrujadas incrivelmente cafonas. Na lateral estava escrito KIRIAN TOURS.

Valerian reagiu ao absurdo de tudo aquilo tirando alegremente uma foto dos soldados. A cara furiosa de alguns era impagável, e aquela seria uma lembrança fantástica.

— Ei — chamou ele, olhando em volta e abrindo os braços. — Cadê a banda?

O major Gibson, oficial encarregado da operação, olhou para Valerian desconfiado.

— Que banda?

— De música, para receber a gente — respondeu Valerian, animado.

Os soldados se entreolharam, sem palavras.

Gibson, um homem alto e magro com traços fortes, encarou a dupla com ar de crítica, a boca se contorcendo em uma expressão de desdém.

— Vocês pretendem cumprir sua missão vestidos assim?

— É o sujo falando do mal lavado. Já se olhou no espelho? Deveríamos nos misturar aos turistas. O que queria que usássemos? Uma fantasia de panda?

Gibson suspirou.

— Vou ser curto e grosso, porque já estamos atrasados.

Laureline lançou um olhar de "eu te disse" para Valerian enquanto entravam no ônibus e se acomodavam o melhor possível.

— Major Valerian — disse Gibson bruscamente —, seu contato é o sargento Cooper. Ele está pronto para a ação e os espera com o equipamento nos fundos da loja do suspeito.

Sem dizer mais nada, ele se virou para se acomodar em seu assento.

— Ei! — protestou Valerian. — Só trabalho com minha parceira!

— É mesmo?

— Sim. Somos uma equipe.

Gibson olhou para Laureline, erguendo uma sobrancelha. Ela deu de ombros.

— Engraçado. Porque a ideia é que a sargento Laureline chegue em exatos vinte minutos, o que daria a você dez segundos para fazer a troca. — Um sorriso desagradável surgiu em seus lábios. — Ou não leu o briefing?

— É claro que li — mentiu Valerian, com a mistura exata de irritação e cansaço.

— É melhor que seja verdade.

O tom de voz de Gibson era cético, e sua expressão ligeiramente preocupada deu a Valerian a impressão de que o major não tinha se deixado enganar.

Os dois agentes eram jogados de um lado para outro dentro do veículo que chacoalhava pelo deserto rumo ao seu destino, movendo-se pela areia infinita sob a sombra de enormes formações rochosas. Laureline pegou um tablet e disse com certa ironia:

— E se a gente desse uma última olhadinha no briefing? Só para reforçar?

Sentindo o rosto queimar, Valerian deu de ombros procurando parecer despreocupado.

— Mal não vai fazer — disse ele, se espreguiçando displicentemente e se ajeitando no desconfortável assento do ônibus.

Laureline abriu um mapa no tablet, apontando para ele com o dedo comprido e gracioso.

— Seção quatro, corredor cento e vinte e dois — disse ela. — O suspeito alega ser negociante de antiguidades devidamente registrado. Seu nome é Igon Siruss.

Ela abriu a foto do suspeito. Valerian, como a maioria dos humanos, tinha se acostumado a alienígenas de quase todos os formatos e tamanhos imagináveis. Mesmo assim, suspeitava ligeiramente que nesse caso o suspeito tinha um rosto que sua própria mãe teria dificuldade de amar.

Careca, com pele brilhante e avermelhada, Igon Siruss parecia mal-humorado devido à pele flácida e aos olhos tão pequenos que eram praticamente engolidos pelas rugas. Mas não foi aquilo que chamou a atenção de Valerian.

— Uau! — exclamou ele. — Qual é a dos três pares de narinas?

— O suspeito é um kodhar-khan — explicou Laureline. — Há três estações no seu planeta natal. A época da seca tem tempestades de areia sufocantes. A época da chuva, nuvens nocivas de dióxido de enxofre. Apenas no inverno dá para respirar normalmente. Cada narina filtra o ar de uma maneira diferente e pode ser bloqueada da mesma maneira que escolhemos fechar nossos olhos.

Não pela primeira vez, Valerian olhou para sua parceira com grande admiração por seu cérebro.

— Como você sabe tudo isso?

— *Eu* prestei atenção às aulas — disse ela, brincando, então assumiu um ar sério. — Quando chegar lá, tome algumas precauções. O braço direito de Igon é seu filho, Júnior, cuja lista de crimes é quase tão longa quanto a do pai.

— Quão terrível alguém chamado Júnior pode ser? — desdenhou Valerian, confiante. — Aposto que pegavam no pé dele na escola kodhar-khaniana.

Os lábios de Laureline se estreitaram.

— Além de Júnior, parece que Igon tem um monte de guarda-costas, e os kodhar-khans são conhecidos pela agressividade, devido à falta de fêmeas no planeta.

Guarda-costas particulares eram facilmente encontrados em Kirian. Os habitantes do planeta, conhecidos como siirts, podiam ser contratados para fornecer segurança, mas muitas vezes não atingiam o padrão de outros povos.

— Sério? — Valerian sorriu. — Eles são agressivos porque precisam competir pelas fêmeas ou porque não têm contato com elas?

Laureline respondeu em um tom displicente:

— Outra coisa que aprendi na escola é que planetas governados por mulheres têm oitenta e quatro por cento mais chances de serem pacíficos e prósperos. Geralmente são lugares onde a educação e a arte florescem e onde os homens pensam antes de falar besteiras, sabia?

Ela deu um tapinha na perna de Valerian e, para a tristeza dele, foi se sentar em outro lugar, sozinha. O major ficou decepcionado, mas deu de ombros e aproveitou para se esticar no assento, colocar os óculos escuros e tirar uma soneca.

Torcendo para não sonhar.

Valerian acordou quando o ônibus chegava ao muro alto e comprido de pedra vermelha que delimitava o Mercado Principal. Enquanto o veículo chiava, ele viu um enorme portão de entrada ornamentado, coberto com o que parecia ser ouro.

Valerian levantou-se, bocejando e se espreguiçando, e observou enquanto eles estacionavam em meio a centenas de outros ônibus turísticos. A maioria era similar ao decrépito veículo que transportara os dois viajantes do espaço-tempo pelo que parecia um recanto abandonado do deserto. Alguns ônibus, no entanto, eram radicalmente diferentes, feitos para acomodar alienígenas igualmente diferentes.

Valerian nunca tinha ido ao Mercado Principal, mas já tinha ouvido falar dele, claro. Poucos seres sencientes no universo não tinham ouvido.

Quase todo planeta civilizado tinha seus pontos turísticos, e onde houvesse gente era possível ganhar dinheiro. Havia poucas maneiras melhores de fazer isso do que vendendo coisas. A partir de sua experiência, Valerian formulou uma teoria de que o impulso de compra era a força motriz do universo, ainda mais importante que outra força motriz compartilhada pela maior parte das espécies da galáxia. Nem todos procriavam de maneiras agradáveis, mas todo mundo gostava de voltar de viagem carregado de souvenires caríssimos e totalmente desnecessários.

— Então — disse Valerian assim que ele e Laureline desceram do ônibus —, acha que pode sobreviver vinte minutos sem mim?

Laureline revirou os olhos.

— Como eu poderia? — respondeu ela, melodramática. Então ficou séria e tocou delicadamente no braço dele. — Vá, mas tome cuidado. Eu não estava brincando quando disse que a espécie dele é agressiva.

Valerian assentiu e se afastou rumo à ltidão de turistas. Ele retardou o passo até parar, refletindo a respeito de algo com muito cuidado. Tomada a decisão, virou e marchou bruscamente até uma Laureline perplexa.

— Você tem razão — disse ele. — Devo estar ficando velho.

Os olhos dela brilharam.

— Concordo, mas por que pensou nisso agora?

Ele endireitou os ombros e olhou nos olhos dela.

— Esqueci completamente que tenho uma pergunta para você.

Ela o fitou.

— Pode falar — disse, curiosa.

— Quer casar comigo?

O belo rosto de Laureline se contorceu, assumindo uma expressão sombria.

— Não tem a menor graça! — exclamou ela, dando as costas, mas Valerian segurou-a pelo braço.

— Estou falando sério. Pensei sobre o que você disse antes e... — Ele engoliu em seco. — Você tem razão. Preciso me jogar de cabeça. — Então completou: — Preciso estar comprometido.

Laureline piscou, confusa, pega de surpresa. Ela olhou em volta, viu a multidão entusiasmada, a poeira vermelha, os guardas que estavam longe demais para ouvi-los, mas que olhavam para os dois com curiosidade. Viu o ônibus velho e caindo aos pedaços e os soldados dentro e em volta dele.

— Aqui? — disse ela. — Assim?

— Por que não? — Ele abriu um sorriso. — Eles vendem um zilhão de coisas aqui. Tenho certeza de que podemos encontrar um padre que vai ficar feliz em nos ajudar.

O sorriso de Valerian esvaneceu diante da expressão dela.

— Casamento é coisa séria, ok? — disse Laureline secamente. Com frieza. — Pelo menos para *mim*.

Ah, droga. Ela achou que Valerian estivesse brincando. Ele sentiu um aperto na garganta com a repentina constatação: *Estraguei tudo*.

— Não estou brincando — disse, ofendido.

Laureline manteve seu olhar de reprovação por um longo tempo, buscando algo nos olhos de Valerian, e por fim suavizou-o um pouco.

— Valerian — disse ela, agora já não parecendo brava —, nós combinamos. Você disse que somos a melhor dupla que já existiu, e eu concordo. A gente se dá bem. Você flerta comigo, eu acho graça. É só uma brincadeira. Por que mudar o que a gente tem?

As palavras surgiram dele aos borbotões, vindas de um lugar bem escondido, surpreendendo-o quase tanto quanto a Laureline.

— Porque eu trabalho sem parar desde os dezessete anos. Já estive em batalhas, matei e protegi. Passei toda a minha vida em missões em que salvei povos e mundos inteiros. Mas, quando penso a respeito, tudo o que tenho são essas missões. Não tenho um mundo próprio. Um lar. Uma família.

— Você tem colegas de trabalho — disse Laureline, impassível.

Aquilo o atingiu, e Valerian estremeceu de leve.

— Não quero colegas de trabalho — respondeu ele, sério. — Quero que *você* seja meu mundo.

Laureline sorriu. As palavras pareciam sinceras, mas era quase impossível ter certeza. Ela o confundiu ainda mais quando se inclinou e deu um beijo rápido em seu rosto. Seus lábios eram quentes e macios, e Valerian estremeceu um pouco por dentro. Gentilmente, pegou Laureline pelo braço mais uma vez quando ela se virou para ir embora.

— Ei — disse ele. — Um beijo não é uma resposta.

Seu sorriso inescrutável de repente perdeu a seriedade.

— Você vai ter sua resposta no fim da missão.

Frustrado, por um segundo Valerian teve vontade de arrancar os cabelos, mas então se deu conta: ela não tinha dito não.

Ah.

De repente, tudo pareceu possível no universo, e ele retribuiu o sorriso.

— Por mim está ótimo.

Um siirt de uniforme, maior do que o usual na espécie esguia nativa de Kirian, foi até eles. Valerian não entendeu o que dizia, mas a palavra POLIZ escrita em seu chapéu, um cassetete preto e vermelho e os gestos que fazia para os dois, para o ônibus e para o horizonte deixavam seu pedido claro. Laureline deu um último sorriso a Valerian, então subiu no veículo.

Por um momento, ele observou enquanto o veículo decrépito avançava fazendo barulho, então se virou na direção da multidão.

Ele terminaria aquela missão em tempo recorde.

CAPÍTULO 4

Valerian abriu caminho em meio aos turistas, movendo-se na direção da entrada do Mercado Principal. Era mesmo impressionante: alta e larga, com pedras douradas nas laterais e uma porta de metal robusta no centro. Valerian tentou calcular quantas pessoas passavam por ali todos os dias.

Ele caminhou lenta e tranquilamente até um grupo de turistas, juntando-se a eles com ar despreocupado. Siirts esguios entregavam a eles todo o equipamento necessário para bem apreciar "o melhor lugar para fazer economias de dimensão galactica", que era como o Mercado Principal se anunciava descaradamente. Valerian aceitou seu kit: um capacete preto e amarelo, leve e com um visor grande, luvas equipadas com sensores e um cinto volumoso. Os vendedores siirts estavam carregados de kits para humanos, porque a espécie estava entre os turistas mais ávidos e, como se podia ver, mais interessados em quinquilharias.

A horda de consumidores ansiosos a que Valerian tinha se juntado atravessou o portão, que se fechou logo em seguida. Eles estavam dentro do mercado com a multidão de compradores, e os muros que encerravam muitos quilômetros quadrados não continham nada além daquilo.

— Sejam todos bem-vindos — disse uma voz animada.

Valerian se virou para olhar para um dos seres mais estranhos que já havia tido a honra — e a infelicidade — de conhecer... e era humano. Um homem alto, magro e vivaz, com um sorriso enorme, olhos arregalados, barba malcuidada e roupas saídas diretamente de uma trupe de teatro de quinta categoria levantava os braços dramaticamente. Eram peças longas e soltas, com listras laranja, amarelas e vermelhas... porque, é claro, eles estavam no *deserto*. Usava argolas enormes nas orelhas.

Mas o que mais chamava atenção em sua aparência era o turbante. Tinha três vezes o tamanho dos que se costumava usar em climas quentes, e ficava no alto da cabeça como uma colmeia em cores berrantes. Ele pediu silêncio, e o vozerio da multidão se amainou.

— Sejam todos bem-vindos! — Sua voz não poderia soar mais animada. — Sou Thaziit e terei a honra de ser seu guia hoje. — Ele fez uma reverência e pôs a mão no coração. — Quem está aqui pela primeira vez?

Metade dos turistas levantou a mão, o tentáculo ou outro apêndice, mas não Valerian. Ele escutava o homem ao mesmo tempo em que examinava com atenção o mapa do local, exposto de forma visível em uma parede próxima, tentando localizar o corredor cento e vinte e dois da seção quatro.

— Maravilha! — exclamou Thaziit. — Devo lembrar vocês que há quase *um milhão* de lojas no Mercado Principal, então sinto muito, mas não vamos poder visitar todas!

Ele fez uma cara triste, e um coro de "ahhhhhs" se seguiu. Thaziit pareceu se animar de novo.

— Maaaas... vamos tentar passar pelas mais interessantes! Antes de começar, só alguns lembretes para que possam comprar bem e em segurança! Há um portal que separa as diferentes seções.

Valerian não identificou nenhum deles.

O gigante de turbante continuou:

— Uma dica importante! Deem uma olhada nas letras do topo. O "h" de "humano" está verde, certo? É para a sua própria segurança. O Mercado Principal não se responsabiliza por quaisquer dificuldades encontradas pelos humanos quando o "h" não estiver verde.

Ele bateu as mãos e as esfregou, animado, os olhos tão arregalados que as pupilas ficaram totalmente circundadas de branco.

— Existem *setenta e oito seções* e mais de *quinhentas ruas* aqui. Vamos ver alguns lugares incríveis! Encontrar pechinchas inacreditáveis! Mas, acima de tudo, vamos tentar não nos perder!

Risadinhas se espalharam pela multidão, sendo que a de Thaziit foi a mais alta. Valerian, ainda estudando o mapa, sentiu os pelos do pescoço se eriçarem, como se estivesse sendo vigiado. Ele se virou, olhando pelo visor do capacete, sem encontrar nada.

— Então! — continuou o entusiasmado guia. — Todos têm que ficar juntos e atrás do guia, que se chama...?

Ele levantou um braço em expectativa e colocou a outra mão na orelha completamente escondida pelo turbante chamativo.

— Thaziit! — responderam os turistas em uníssono, em meio a sorrisos e risadinhas.

— Que bom que *alguns* de vocês estavam prestando atenção — aprovou Thaziit, lançando um olhar de censura aos outros que já estavam de olho nas quinquilharias ou ocupados com o mapa, como Valerian. De novo, veio a risada amistosa que indicava que aquele era um grupo de pessoas felizes e ansiosas por novidades.

— Podem ativar o sistema... *agora*!

Valerian, assim como os outros, apertou o botão no meio da fivela do cinto. A luz se acendeu e cintilou no seu campo de visão enquanto ele observava Thaziit, os turistas e as paredes que encerravam o complexo do Mercado Principal vazio.

Então, de repente, o guia, os turistas e ele próprio se viram cercados por uma variedade assombrosa de barracas, administradas por vendedores que pareciam representar todas as espécies alienígenas que Valerian conhecia. Um murmúrio de agradável surpresa percorreu a multidão de turistas ávidos por pechinchas.

— Bem-vindos ao Mercado Principal! — anunciou Thaziit, e sorriu.

Laureline encostou a face na janela encardida do ônibus do major Gibson. Ela avistava o muro vermelho maciço que circundava o Mercado Principal, mas não conseguia enxergar a entrada e não estava pensando em compras.

Não pensava nem na missão naquele momento, o que era totalmente inesperado, tratando-se de Laureline.

Estava pensando no que Valerian tinha dito, imaginando se o próximo passo depois daquela missão seria beijá-lo ou chutar seu... Bem, outra parte de seu corpo.

Se você estiver brincando, Valerian...

Essa seria a aposta mais segura, ela pensou. Depois de servir ao seu lado por dois anos, sabia que havia muito mais no jovem major do que o que se via na superfície. Estava bem ciente de que, apesar de suas palhaçadas, ele encarava o trabalho com seriedade e respeito. Era corajoso, dedicado e mais inteligente do que seu jeitão bobo dava a entender àqueles que não o conheciam bem.

Mas também havia coisas que ele não encarava com seriedade e respeito, incluindo as tradições e rituais que Laureline valorizava muito. Para Valerian, os relacionamentos eram tão passageiros e superficiais que ela achava que nem podia chamá-los assim. *Casos seria uma definição mais adequada,* pensava.

Não que ele fosse cruel ou manipulador; apesar de ficar o tempo todo fazendo gracinhas, Valerian nunca havia tentado — nem nunca tentaria — forçar nada com uma mulher, nem mesmo incomodá-la. A maioria delas ficava mais do que feliz com sua atenção. As brincadeiras entre o major e a sargento eram comuns, familiares, e Laureline tinha que admitir que gostava delas tanto quanto o próprio Valerian.

Até aquele dia.

Aquele pedido, se fosse sério de verdade, pegara Laureline totalmente de surpresa, e ela não fazia ideia do que responder. Valerian sabia que ela era tradicionalista e que, apesar de sua ocasional indiferença, um falso pedido iria magoá-la profundamente. Isso para não falar que Laureline descobriria um modo de deixar bem claro quão péssima tinha sido aquela ideia.

Então aquilo significava que...

Ela colocou as mãos no rosto por um momento. Um pedido simulado seria terrível, mas caso fosse a sério podia ser ainda pior.

Laureline suspirou e olhou para o deserto mais uma vez. Estavam quase chegando ao portão leste do complexo do Mercado Principal, e era possível divisar a forma de uma torre de vigilância mais à frente

— seu destino inicial. Com sua habilidade aparentemente natural de não misturar as coisas, algo que muitas vezes exasperava seu parceiro, Laureline guardou toda a história do pedido de casamento, fechou, trancou e ocultou em um canto distante do cérebro.

Veriam aquilo depois, como havia dito a Valerian. Agora, sua parte da missão estava prestes a começar.

O ônibus parou perto da torre. Laureline alisou o vestido, ajeitou o cabelo, abriu um sorriso fingido e saltou do ônibus. Andou na direção do monumento, protegendo os olhos com uma das mãos enquanto acenava alegremente com a outra.

Havia uma única figura de guarda na torre: um siirt que olhava para eles com visível ansiedade, os olhos indo de Laureline para os homens de Gibson vestidos com poncho que desciam do ônibus.

Os siirts, meio humanoides, meio reptilianos, eram uma raça gentil, ainda que ocupassem uma posição baixa na escala de inteligência. O Mercado Principal os contratava como guardas e policiais, mas em geral eram simpáticos demais e se distraíam muito facilmente para serem de fato eficientes. Laureline sabia que muitos dos comerciantes simplesmente contratavam sua própria equipe de segurança, como Igon Siruss. Os siirts adoravam conhecer gente nova, e sua cultura se baseava numa filosofia chamada unbugalia, que literalmente significava: "quanto mais gente alegre, mais alegria". Laureline pensou que a multidão que se dirigia ao Mercado Principal sem dúvida alegrava a vida daqueles seres. Eles não ficavam com o lucro, no entanto. Sua espécie não tinha nada que se assemelhasse a dinheiro. Sendo assim, era difícil mantê-los empregados.

Na torre, um guarda siirt de pele amarela ficou olhando para Laureline, parada do lado de fora do ônibus. Seu olhar se deslocou para os homens de poncho que a acompanhavam. Ele levantou a mão com três dedos — para acenar, Laureline pensou, e assim o siirt fez, mas então pareceu mudar de ideia. Pegou a tremenda arma de fogo que repousava ao seu lado e a apontou para os visitantes.

CAPÍTULO 5

Laureline abriu um sorriso e gritou para o siirt ansioso:

— Ei, não se preocupe! Eu sei que não podemos ficar de bobeira aqui. Não vamos demorar.

O cumprimento amistoso fez o guarda hesitar. Laureline esticou o braço para trás, pegou a própria arma e apontou para ele. Um pequeno dardo saiu do cano e foi parar no peito esquelético e desnudo do siirt.

No mesmo instante, os homens tiraram seus ponchos, revelando uma aparelhagem volumosa colada ao corpo. O capitão Zito — que Laureline ouvia ser chamado de Capitão Z de tempos em tempos — estava ao seu lado, carregando um computador de tela ampla. Laureline soltou uma parte da própria arma e a encaixou na parte de trás da tela. Zito virou para a esquerda e depois para a direita.

O siirt na torre de vigilância repetiu o movimento.

— Certo — disse Zito. — Estou controlando nosso amigo magrelo. Vamos conseguir ver tudo o que ele vê.

Laureline já tinha ouvido falar naquilo, claro, mas nunca conseguia esconder totalmente a surpresa quando um contradardo era usado não apenas para render o inimigo, mas também para controlá-lo. Quão eficiente seria o aliado feito à força era algo que dependia de dois fatores: do nível de dificuldade em manipulá-lo e da habilidade da pessoa que o fazia.

Siirts, que não estavam entre os seres mais brilhantes da galáxia, eram, portanto, muitíssimo maleáveis, e dava para perceber que o capitão Z tinha experiência naquilo. Laureline imaginava que Z era experiente em muitas coisas, e se perguntou por que não tinha uma patente mais alta. Olhou para o rosto anguloso, para a mandíbula marcada, os olhos frios, e concluiu que não precisava saber.

Voltou sua atenção para o alvo, impressionada com a tranquilidade — pelo menos, em termos relativos — com que o desajeitado nativo de Kirian voltava ao seu posto e reassumia a vigilância atenta sobre o complexo — ou pelo menos era o que parecia.

— Vamos lá — ordenou o capitão Z, e a equipe retornou ao ônibus.

Alguns momentos depois, o grupo estava reunido com o major Gibson. Ele e sua equipe estavam perto do portão leste. Um soldado escaneava a entrada quando Laureline desceu do ônibus e franziu a testa enquanto examinava o relatório.

— Como esperávamos, o portão tem uma série de armadilhas, senhor.

Gibson assentiu. Virou-se para Laureline, entregou-lhe uma maleta comprida e consultou o relógio.

— Doze minutos, sargento — disse ele.

Laureline assentiu. O taciturno e focado Capitão Z ficou ao seu lado enquanto o restante da equipe de Gibson se apoiava no muro de pedra vermelha áspera. Ela olhou de relance para a tela que ele segurava.

Zito agora estava vendo através dos olhos do siirt controlado na torre de vigilância, que por sua vez observava o complexo do outro lado do muro. Laureline reprimiu um sorriso — pois esse não era exatamente apropriado para o momento — quando viu os turistas na simulação andando para lá e para cá, apontando para maravilhas invisíveis e pegando objetos que não existiam no mundo real. Parecia um exercício de improvisação de teatro amador.

— Ajustando a visão — informou Zito ao grupo.

Ele girou o botão. Laureline continuou observando enquanto o deserto entre as paredes de pedra desaparecia, substituído pelo paraíso dos consumidores: o caos colorido do Mercado Principal.

— Excelente — aprovou Gibson. — Zito, ative a câmera de monitoramento do guarda e localize o major Valerian.

— Sim, senhor.

O campo de visão mudou quando o siirt se virou para olhar para os controles. Ele, e agora Zito, controlavam uma câmera em um drone do tamanho de um pássaro pequeno, que levantou voo, pairou, deu voltas e em seguida mergulhou, movendo-se rapidamente em meio ao mercado irreal em busca de Valerian.

Um dos soldados deu um passo à frente e desenhou com um laser um retângulo no enorme portão de metal. Com o simples toque de um botão, aquele trecho da barreira de ferro sumiu, tornando-se uma entrada grande o suficiente para um humano passar.

— Hora de ir às compras — disse Gibson.

Laureline assentiu. Vestiu o capacete e as luvas que dois soldados lhe entregaram. Segurando a maleta, ela passou pela porta.

E então, como Valerian, ela estava no Mercado Principal.

Valerian achou o Mercado Principal sufocante. Não fazia ideia de como alguém podia manter o foco por tempo o bastante para comprar alguma coisa. O vasto recinto estava quase transbordando, com quase um milhão de lojinhas e de produtos à venda. Valerian estava na rua principal banhada pela luz do sol, mas uma olhada rápida ao redor revelou que, além da infinidade de lojas, havia também uma infinidade de andares. Um elevador passou por ali, levando consumidores animados para outros pontos.

A cacofonia de várias espécies de alienígenas em busca de produtos que Valerian nem era capaz de imaginar enchia seus ouvidos. Embaixo de um arco de pedra, um ser humanoide pálido e com a cabeça alongada vendia pequenas nuvens presas com firmeza a cordinhas. Uma tempestade se formava em uma delas quando Valerian passou.

Um ser grande e azul, com olhos pequenos no fim de longas hastes, usava roupas de aparência humana com um número impressionante de bótons. A loja toda, aliás, parecia vender apenas bótons. O vendedor acenou para Valerian quando este passou e mostrou um bóton com a imagem da Terra. Valerian se sentiu inesperadamente atraído; tinha passado a maior parte da infância na Terra, mas fazia anos que não a visitava. Seu lar no momento era a *Intruder*.

— Monólitos! — gritou um vendedor atarracado com menos de um metro de altura, dois olhos do tamanho dos punhos de Valerian nas laterais cabeça e uma cabeleira desgrenhada. — Compre seus monólitos aqui!

Valerian franziu a testa diante dos cerca de doze retângulos pretos sólidos apoiados na parede. À primeira vista, eram só placas, mas ele não conseguia tirar os olhos delas. Sentia-se estranhamente atraído, imaginando como seria tocá-los.

Ele balançou a cabeça bruscamente, abandonando a ideia. Tinha um trabalho a fazer.

O fluxo de turistas conduziu Valerian para perto de um casal de meia-idade com roupas espalhafatosas e antiquadas. O rosto de ambos ficava escondido por um capacete, mas o cabelo vermelho da mulher escapava por baixo. Valerian achou ser capaz de adivinhar a aparência dos dois simplesmente pela linguagem corporal.

E pela conversa.

— Pense bem, querido — disse a mulher, vibrando com a empolgação das compras. — Um milhão de lojas! Vamos comprar umas coisinhas!

— Já falamos sobre isso — protestou o homem. — Você disse que só ia dar uma olhada!

— Sim, mas vamos precisar levar *alguma coisa* de recordação, não acha? — A voz dela era lamuriosa.

O homem suspirou.

— Está bem, querida, mas algo que possamos carregar, ok?

Ele balançou o dedo para ela.

— Fechado! — respondeu a mulher, chegando de fato a bater palmas e pular antes de soltar um gritinho animado e abraçar o marido.

Por baixo do visor, ele abriu um sorriso amplo e feliz. Valerian sorriu também.

Thaziit virou-se para encarar o grupo, andando de costas com a facilidade adquirida pela prática enquanto dizia:

— Lembrem que os sensores no seu equipamento permitem que fiquem totalmente imersos no Mercado Principal e vivenciem a experiência completa. Vocês podem tocar nos objetos, nas paredes…

Sem olhar no que estava tocando, Thaziit fechou a mão sobre a enorme tromba de um vendedor com olhos pequenos e dois pares de braços. Uma de suas quatro mãos deu um tapa no guia.

— Se liga, cara!

— Opa, desculpa! — disse Thaziit.

O alienígena reclamou e reorganizou as mercadorias na mesa, olhando para o guia com ferocidade. As próprias mercadorias olhavam para o guia do mesmo modo.

Thaziit tirou a luva e a segurou sobre a cabeça, para que todos pudessem vê-la.

— Como eu estava dizendo, só é possível tocar nos objetos do Mercado Principal se estiverem com as luvas, porque é nelas que estão os sensores de toque.

Ele esticou a mão e dessa vez ela passou direto pela cabeça do alienígena. O sujeito ficou exasperado, claramente de saco cheio do irritante guia humano.

— Sem as luvas vocês podem perder a chance de fazer um bom negócio! Sendo assim, mantenham o equipamento o tempo todo!

O grupo foi se internando ainda mais no mercado. Thaziit diminuiu o ritmo, permitindo que todos tivessem tempo para olhar com atenção as mesas e os tapetes com objetos. Valerian fingiu se interessar por um móvel antigo que o vendedor lhe garantiu ser "o que toda casa precisa", então, quando estava certo de que a atenção do guia estava voltada para outro turista, se misturou à multidão.

Ele se enfiou discretamente em uma rua estreita, pensando nos números das ruas e das lojas que tinha visto no mapa. Mais distante da área central, os estabelecimentos e o terreno tornavam-se menos atraentes. Em vez de amplas praças com estátuas, fontes e barracas, a arquitetura era mais vertical, e as lojas eram menores e mais escuras, pouco mais que tocas de coelhos.

Valerian desceu sete lances de escada com muita rapidez, então virou em outra esquina, diminuindo o ritmo conforme se aproximava do ponto indicado. Filtrada por uma série de grades no alto, a luz que incidia era tanto artificial quanto vinda de criaturas voadoras, redondas e brilhantes, que estavam ali para essa finalidade. Ele passou por um ser com tentáculos jogando cerca de vinte bolas metálicas brilhantes no ar, então se encontrou a alguns estabelecimentos de distância da "loja de antiguidades" de Igon Siruss.

Um tanto impressionado, Valerian pensou que era bastante discreta, parecida com os milhares de outras lojas pelas quais tinha passado. Colunas modestas se erguiam dos dois lados da porta, e uma entrada em arco com uma cortina vermelha escondia o interior. Não havia nada de especial nela… com exceção da dupla de kodhar-khans fortemente armados bloqueando a porta e os pit-ghors de coleira sentados ao lado deles.

Os kodhar-khans eram esguios e um pouco mais altos que Valerian. Não pareciam nem de perto tão imponentes quanto Igon Siruss, mas eram claramente membros da mesma espécie; Valerian notou os três pares de narinas.

Eles usavam capuzes laranja e estavam bem armados, mas, afora isso, não pareciam especialmente perigosos. Valerian concluiu que Laureline tinha superestimado a agressividade da espécie. O que era meio fofo.

Os pit-ghors, no entanto, eram os maiores que Valerian tinha visto na vida. Ele avaliou os dois com uma atenção curiosa. Vermelhos e reptilianos, tinham quatro pernas e constituição bastante sólida. A cabeça era enorme, assim como a boca cheia de dentes afiados, e pareciam obedientes.

Por enquanto.

Valerian manteve um ritmo constante, passando pela loja e pelas demais na mesma calçada com o ar displicente de quem está só "dando uma olhadinha". Então virou à esquerda como se estivesse procurando mais estabelecimentos.

O sargento Cooper estava esperando por ele. Valerian não o conhecia, mas decidiu que, se um dia fosse entrar numa briga de bar, evitaria aquele cara. Não especialmente por ele ser muito maior ou mais musculoso, nem porque parecia particularmente assustador, mas porque algo em seus modos contidos anunciava que um encontro desse tipo terminaria mal.

Cooper encarou a camisa floral com asco. Valerian achou aquilo engraçado, visto que em sua tentativa de se misturar à multidão o sargento estava usando um chapéu molenga e disforme e um colar tosco que era obviamente um artesanato barato.

— Sou o major Valerian — apresentou-se.

— Sargento Cooper — respondeu o homem, assentindo. Ele entregou uma arma a Valerian, que a inspecionou enquanto o outro revelava uma caixa retangular de metal com as palavras A MANGA. O metal estava amassado, e a pintura marrom, descascada. Já tinha visto dias melhores. — Coloque isto.

Segurando a arma com firmeza, Valerian vestiu a manga no braço direito e a puxou até o ombro. Cooper a ajeitou. A manga pareceu engolir o antebraço, a mão e a arma de Valerian.

— Já usou uma dessas?

— Não — respondeu Valerian.

Suas missões não costumavam envolver realidade virtual. Ele preferia realidades... mais... reais.

— Insira seu código genético no teclado da frente — explicou Cooper. — Para desfazer, basta inserir o código no teclado de trás. Entendeu?

— Claro.

Cooper tirou do bolso de seu estranho traje uma latinha de spray.

— Isso vai permitir que você passe despercebido ao se infiltrar no cenário da realidade virtual.

— Vou ficar invisível?

— No mundo virtual do Mercado Principal, sim. Aqui no complexo... nem um pouco.

— Entendi.

Cooper borrifou o conteúdo do spray duas vezes em Valerian. Tinha um cheiro floral. *Eles não vão me ver, mas vão sentir um cheirinho muito agradável de frescor da primavera*, pensou o major, sorrindo ao olhar para si mesmo. Pelo visor, no mundo virtual, nem ele mesmo podia se ver agora. Era perturbador, para dizer o mínimo, mas meio divertido.

— Boa sorte — disse Cooper.

Valerian se dirigiu para a frente da porta e assumiu sua posição.

Não foi preciso esperar muito.

CAPÍTULO 6

Duas figuras humanoides, altas e esbeltas, se aproximaram da entrada. Usavam luvas e capuzes, e mantinham a cabeça abaixada, de modo que Valerian não conseguia ver os rostos deles. Dirigiram-se para a loja sem nem fingir que eram turistas fazendo compras em um dia qualquer. Abriram a cortina vermelha e entraram. Um pit-ghor rosnou para eles, mas um dos guardas o repreendeu e puxou sua coleira. Ela cedeu, infeliz, mas obediente.

Valerian foi forçado a seguir os dois clientes para que o movimento da cortina não o traísse. De novo, o pit-ghor reagiu, arreganhando os dentes afiados.

— Fofo, o que você tem hoje? — perguntou o guarda kodhar-khan, olhando para o animal.

— Eu já falei — retrucou o outro guarda —, ele precisa se exercitar mais. Um garotão saudável como ele precisa de exercício. Não é, Fofo? Hein?

A criatura se agitou feliz com o tom de voz do guarda.

— Ele já se exercita o bastante comigo — retrucou o primeiro guarda —, mas toda vez que peço para *você* sair com ele…

Enquanto os guardas discutiam sob o olhar dos pit-ghors, Valerian aproveitou para entrar. Deu uma olhada rápida à sua volta, notando as saídas, as entradas e a localização dos civis por perto, que eram poucos. Para sorte deles, pareciam estar se aprontando para sair.

A loja estava abarrotada de antiguidades de aparência bizarra — livros, lanternas, velas, tapetes enrolados, esculturas, joias, chapéus, mantilhas, cachimbos de todos os tipos, selas —, mas a atenção de

Valerian estava focada nas duas pessoas que tinham acabado de entrar e foram direto para a sala nos fundos.

Igon Siruss estava lá, uma presença pesada, claramente esperando os visitantes. Atrás dele, com os braços cruzados sobre o peito largo e musculoso, havia um kodhar-khan alto, no auge de sua forma. Ele usava armadura nos ombros e em um braço. Seu corpo e sua cabeça eram listrados, e a cicatriz de uma briga que o fizera perder o olho direito era visível em seu rosto. Forte e ágil, ao contrário do pai, que era gordo e lento, Júnior ainda assim era muito parecido com ele.

Valerian duvidava muito que alguém pegasse no pé dele na escola. Ele poderia apostar que Júnior era o agente do bullying, não a vítima.

— Ei, Tsûuri! Bom vê-lo de novo! — gritou Igon.

Sua voz jovial ficava muitas oitavas abaixo do tom de voz humano, e quase fazia os ossos de Valerian tremerem. Um dos guardas segurava a porta aberta para a dupla encapuzada entrar. Movendo-se silenciosamente e desejando não estar com cheiro de primavera, Valerian seguiu os desconhecidos. A porta não o pegou por pouco ao fechar.

Os recém-chegados pararam diante da visão dos seis guardas na sala. O olhar de Valerian passou pelas formas esguias, notando sua localização e suas armas. Ele estava começando a reconsiderar a avaliação que tinha feito daquela espécie.

— Por favor, sentem! — pediu Igon, que agora estava atrás de uma mesa grande onde havia uma cadeira gigantesca para acomodar seu enorme traseiro e duas cadeiras de tamanho normal. Seus "convidados" sentariam de costas para a porta, uma posição psicologicamente vulnerável.

Os dois trocaram olhares e afundaram lentamente nas cadeiras.

Aquele que Igon Siruss tinha chamado de Tsûuri perguntou com frieza:

— Está com nosso pedido?

— É claro que sim — respondeu ele cordialmente. — Mas devo dizer que não foi fácil. — Ele balançou a cabeça grotescamente grande. — Perdi muitos bons homens para conseguir.

Igon fez sinal para um dos guardas, que colocou uma caixa metálica retangular na mesa. A parte de cima não era sólida, mas gradeada, e Valerian ouviu um ruído baixo vindo do interior.

Então uma criaturinha encostou o rosto na grade.

Valerian tomou um susto. *Parece com o animal de estimação da princesa do meu sonho*, pensou ele. De onde tinha vindo aquele sonho esquisito? A "resposta" de Alex tinha levantado mais perguntas do que qualquer outra coisa.

Os olhos da criatura se arregalaram e ela guinchou com alegria, retorcendo-se e esticando uma das patas por entre as barras.

— Vamos pagar por seu esforço! — disse Tsûuri, com a voz trêmula de emoção.

— Disso eu tenho certeza — respondeu Igon com falsa simpatia. — Vocês são um povo honesto e corajoso. — Ele levou uma das mãos ao queixo e então acrescentou: — Mas essa... criatura... não tem preço. O que podem me oferecer para fazer com que a troca valha a pena?

Tsûuri hesitou. Então tirou um pequeno objeto esférico e branco de uma bolsa ao seu lado.

Dedos pálidos pegando esferas radiantes para banhar um rosto perfeito. Pescadores recolhendo pérolas em redes de trama fina, arrastando-as alegremente para a areia...

Valerian fez um esforço tremendo para afastar a lembrança do sonho.

Tsûuri segurou o objeto em seus dedos enluvados por um momento, então o colocou diante de Igon. O "negociante de antiguidades" o pegou delicadamente com a gigantesca mão esquerda. Com a direita, alcançou uma lupa grande que estava sobre a mesa e observou a pérola através da lente, o que fez com que seu olho pequeno e redondo parecesse enorme.

— Incrível... — disse com a voz cheia de admiração.

Ele obviamente tinha esquecido a primeira regra da negociação: não pareça impressionado. Aquilo revelou muitíssimo a Valerian, que voltou a olhar para a caixa na mesa, onde a pequena criatura estava. O que seria aquilo? E por que as pérolas eram tão valiosas?

Igon Siruss continuou avaliando o pequeno objeto branco, aprofundando a violação da primeira regra da negociação.

— Nunca imaginei que fosse ver uma!

O desconhecido tirou a pérola com habilidade de sua mãozorra.

— Você pode ter centenas delas — prometeu ele. — Desde que nos entregue o que foi prometido.

Igon olhou para ele com uma tristeza fingida.

— Bem, temos um probleminha aqui, amigo. Estive pensando... Sou um grande fã da ideia de eliminar os intermediários. — Ele indicou a pérola que Tsûuri segurava. — Se você pode conseguir mais dessas belezinhas para mim... Por que eu mesmo não vou atrás delas?

Igon sorriu. Era feio, cruel e inteligente, e Valerian o odiou de imediato e com tanta força que ficou surpreso.

Os estranhos perceberam o próprio erro tarde demais.

Os dois se levantaram e sacaram as armas, mas os seis mercenários de Igon foram mais rápidos. Enquanto todo mundo estava sob a mira de uma arma, Valerian foi para trás do senhor do crime.

— Calma, queridos! — gritou Igon.

Uma voz feminina soou na sala:

— *Precisamos* do conversor! — Ela também tinha quebrado a primeira regra da negociação. — Você disse que ia nos ajudar. Sabe que estamos lutando por uma causa nobre!

— Sim, sei muito bem — disse Igon, solenemente. — Mas também estou lutando por uma causa nobre. — Ele sorriu. — A minha. Eis o que vamos fazer.

Igon casualmente puxou uma arma e apontou para a mulher.

É hora de acabar com isso. Valerian levantou o visor para poder voltar a se ver, então começou a digitar o código no teclado de trás da manga.

— Fico com o conversor e com a pérola — disse Igon Siruss. — E vocês ficam vivos. Que tal? É um ótimo negócio, não acham? — Ele gargalhou de sua própria piada sem graça, então ficou sério. Sua voz não tinha nenhuma cordialidade quando disse: — Vocês têm dez segundos para aceitar.

Ele começou uma contagem regressiva quando o cano de sua arma se dividiu em dois, cada um apontando para um dos alienígenas.

— Cinco, quatro...

Valerian digitou depressa os últimos números no teclado.

— Três...

Baixou o visor...

— Dois...

... e viu seu braço se manifestar no mundo virtual quando encostou a arma no pescoço do contrabandista.

Igon parou a contagem na mesma hora, mas sua arma nem sequer oscilou. Nem a da misteriosa dupla. As dos guardas de Igon Siruss, no entanto, se voltaram imediatamente para Valerian. Ou pelo menos para o braço coberto pela manga.

— Agente federal Valerian — apresentou-se. — Sinto muito por interromper o negócio de vocês, mas também estou aqui por uma causa nobre, chamada *lei*.

Os desconhecidos tiraram os capuzes, e Valerian não conseguiu evitar a surpresa.

Pele pálida e luminosa. Olhos mais azuis que o céu. Traços delicados, tomados momentaneamente pelo medo e pela raiva, e a testa escura. Os rostos lindos não suportavam aquela expressão confortavelmente.

Pérolas, o pensamento ocorreu a Valerian, tão agradável quanto uma brisa no verão. *É essa a espécie deles.*

— Lugar errado, amigo — disse Igon, devagar e cheio de confiança. — Aqui não existe lei.

— Existe lei onde quer que eu esteja — afirmou Valerian, sério. Enquanto falava, no entanto, seus olhos se voltaram para a dupla de alienígenas. — Eu conheço vocês?

Tsûuri — *O Pérola*, pensou Valerian — parecia muito pouco à vontade.

— Ei — grunhiu Igon. — Isso aqui não é um café. O que você quer de mim?

— Igon Siruss — começou Valerian —, você foi acusado de roubar um conversor de Mül que pertence à Federação Humana. Mas, antes que eu prenda você, preciso recuperar a propriedade roubada.

O silêncio se prolongou. Ninguém se moveu.

Valerian manteve o cano da arma no pescoço de Igon. Os pérolas continuaram apontando as armas para os guardas, parecendo cada vez mais em pânico.

— Valerian. — Ele podia ouvir a voz feminina familiar falando diretamente com ele. — Estarei à sua direita, a três passos de distância.

Ele abriu um sorrisinho.

— Certo.

— Hã? — disse Igon. — O que foi?

— Não se mexa — respondeu Valerian, pressionando a arma com mais força no pescoço grosso.

Em seguida, como por mágica, uma maleta larga apareceu à direita de Valerian, a três passos de distância.

Laureline.

— Agora — disse ele para Igon —, coloque lentamente a caixa com a criatura na maleta.

Nesse ínterim, Valerian viu o terror surgir no rosto de Igon quando este se deu conta de que A) perderia o conversor; B) seria preso; e C) não poderia fazer nada para impedir isso.

— O conversor nos pertence! — gritou Tsûuri de repente. Medo e determinação se misturavam em seu rosto. — Estamos dispostos a pagar por ele. Diga seu preço.

— Pago o dobro! — gritou Igon.

Apesar da conexão bizarra e ilógica, mas muito real, que tinha com os pérolas e a criatura, Valerian deu de ombros. O que quer que estivesse acontecendo ali não lhe dizia respeito. Ele tinha ordens a cumprir.

— Desculpa, gente, não estamos num leilão. E não tenho o dia todo!

Lenta e relutantemente, quase como se fosse começar a chorar, o contrabandista colocou o conversor na maleta de Laureline.

Valerian ouviu a voz de Gibson:

— Em posição, pessoal.

— Conversor na maleta — disse Valerian para Gibson, na escuta.

— Certo — disse a voz sem corpo de Laureline, ao lado de Valerian.

Ele manteve a arma pressionada no pescoço do contrabandista. A voz de Gibson soou novamente em seus ouvidos.

— Bom trabalho, sargento. Tudo ok. De volta à base.

— Afirmativo. — A voz de Laureline respondeu de imediato. — Vamos embora, Valerian.

— Vamos.

Valerian hesitou, então pegou a pérola na mesa. Aquilo também era uma evidência. Tudo que Igon pôde fazer foi observar, furioso.

— Vou encontrar você, agente federal Valerian — disparou ele, quase engasgando de raiva. — Onde quer que se esconda no universo, vou achar você! E vou *matá-lo!*

Valerian sorriu.

— Boa sorte!

Ele estava pronto para partir. A coisa toda com os pérolas era esquisita demais, seu braço coçava dentro da manga, e Laureline ainda lhe devia uma resposta.

Mantendo a arma apontada para Igon, Valerian lentamente se moveu em torno da mesa e na direção da porta, inserindo o código no teclado de trás, seguindo as instruções de Cooper.

A manga deveria ter desaparecido.

Mas continuava lá.

Valerian olhou para os guardas na porta, que observavam, confusos, um braço flutuante segurando uma arma.

— Diga aos seus homens para abrirem caminho — ordenou Valerian. Igon, ainda fervilhando de raiva, não obedeceu de imediato. — *Agora.* Ou não. Acho que sua aparência melhoraria muito sem a cabeça.

Igon rosnou de raiva, muito parecido com o pit-ghor preso à coleira.

— Abram caminho — grunhiu ele, por fim.

Relutantes, os guardas obedeceram e deram alguns passos para trás. Assim como um dos pit-ghors, rosnando.

A criatura chamada Fofo, no entanto, não era tão obediente.

Depois que Valerian atravessou a cortina, saiu para a rua e estava concluindo uma segunda tentativa de inserir o código, Fofo soltou um rugido de frustração e avançou em sua direção com tamanha violência que a coleira arrebentou.

A mandíbula maciça do animal se fechou no metal flutuante que envolvia o braço de Valerian.

— Ahhhh! — gritou ele. — Cachorro malvado! *Cachorro malvado!*

A manga não apenas usava tecnologia de ponta, mas também era feita de um metal extremamente resistente, então o braço de Valerian não corria risco com uma única mordida. Mas o resto de seu corpo, sim. Então tentou apontar a pesada manga na direção da criatura e apertar o gatilho.

O som do disparo funcionou como uma faísca em um barril cheio de pólvora. De repente, todo mundo começou a atirar. Balas passaram assobiando por Valerian, que se contorcia em uma estranha dança para que não acertassem seu corpo invisível.

O barulho de disparos também vinha de dentro. Pelo canto do olho, enquanto ainda tentava se livrar do voraz pit-ghor agarrado em seu braço, Valerian viu que os dois pérolas tinham aproveitado o caos para escapar.

A mulher olhou por cima do ombro enquanto eles corriam pela rua. Mesmo em meio à loucura do combate, Valerian foi afetado por sua beleza etérea e não pôde deixar de imaginar o que estava acontecendo.

— Valerian está com problemas! — Era a voz de Laureline em seu ouvido.

Ele se jogou no chão, sacudindo o braço violentamente numa tentativa de se livrar da criatura.

— A missão é prioridade — respondeu Gibson. — Siga em frente. Cooper? Dê cobertura!

Por fim, com um chute bem dado na barriga do pit-ghor, Valerian conseguiu se soltar. Desviando-se da chuva de balas, ele correu para os fundos da loja de Igon para se juntar a Cooper.

O homem já estava de "armadura", com duas mangas e segurando uma metralhadora em cada mão.

— O teclado quebrou! — gritou Valerian. — Não consigo fazer a manga desaparecer.

Assim que terminou de falar, os capangas de Igon viraram a esquina atrás deles com as armas em punho.

— Ache o Gibson! — gritou Cooper. — Vou te dar cobertura.

Valerian obedeceu, correndo o mais rápido que pôde enquanto Cooper abria fogo contra os guardas, que revidaram.

Ele queria acreditar que Cooper — que ganharia uma briga de bar contra qualquer um, de qualquer tamanho, em qualquer momento — sobreviveria ao ataque. Tinha duas metralhadoras e experiência militar de sobra.

Mas os kodhar-khans também tinham armas e estavam em maior número.

Se Cooper caísse, seria em serviço.

Valerian tinha visto muitas coisas bizarras em seus vinte e sete anos, mas aquela estava no topo da lista. Ele estava em um mundo, e seu braço, em outro. O resultado era cômico, caótico e potencialmente mortífero.

Seu corpo, firmemente ancorado no mundo "real", continuava invisível e intocável graças ao spray de Cooper. Ele não ia encontrar nada nem ninguém no Mercado Principal além de turistas — ou guarda-costas e seus protegidos. Mas o braço com a manga, preso na parte virtual da realidade momentânea, não cooperava. Não importava quanto tentasse evitar, ele continuava acertando cabeças irreais, derrubando mercadorias inexistentes e, de modo geral, colocando o restante do corpo em risco.

Valerian costumava se dar bem com o próprio corpo, mas não naquele dia.

Definitivamente não naquele dia.

CAPÍTULO 7

O turno de Lumwak na "loja" de Igon Siruss só começava em uma hora, e ele estava se permitindo uma merecida folga. O salário era bom, excelente, na verdade, mas Lumwak não podia deixar de notar a alta taxa de desgaste dos "funcionários" do senhor do crime.

Lumwak se considerava uma espécie de filósofo, o que era incomum entre os kodhar-khans. Depois de três anos trabalhando para Igon no Mercado Principal, tinha uma teoria a respeito. Ele se reclinou no assento no café, tomando um líquido escuro, potente e maravilhoso, enquanto sua enorme arma — que garantia certa privacidade, já que poucos se aventuravam a bater papo com alguém que mantinha a arma tão visível — ficava ao seu alcance, na mesa. Estava pensando na vida enquanto observava o alvoroço de turistas fazendo compras.

Lumwak identificava três tipos de pessoas que iam ao Mercado Principal. O primeiro era a base original de clientes almejados: turistas, com dinheiro e espaço de sobra em casa, querendo desfrutar da possibilidade de visitar mil mundos sem o trabalho de, bem, de fato *visitar* mil mundos.

O segundo tipo era composto por aqueles que ganhavam dinheiro com o primeiro grupo. Esse tinha subtipos: o dos vendedores, que forneciam os produtos para os turistas ávidos e ansiosos; e o daqueles que se aproveitavam deles: batedores de carteira e assaltantes.

O terceiro tipo ficava fisicamente localizado no Mercado Principal — o que fez Lumwak começar a rir, porque "fisicamente" era algo muito relativo ali —, mas tinha pouca ou nenhuma relação com os negócios conduzidos legalmente no complexo. Seu empregador era uma dessas pessoas. Igon vendia antiguidades, é claro, e obtinha um lucro respeitável por meio desse negócio legítimo. Mas sua atividade principal era o contrabando, na qual ele realmente se destacava.

Lumwak tomou mais um gole satisfatório, refletindo sobre o que era real e o que não era. Aquela bebida era real? Aquele lugar? De certa maneira, sim, mas também seria possível argumentar o contrário.

Ele era real? E a teoria da alma, da...

Um alerta soou na pequena tela que ele usava no pulso. A realidade se fez bastante tangível quando uma ordem urgente surgiu: PROCURAR E CAPTURAR. PRIORIDADE MÁXIMA. SEGUEM FOTOS DO ALVO.

A imagem de uma manga humanoide apareceu na telinha. Podia-se presumir que ela cobria uma mão com dedos — cinco ou menos — segurando uma arma pressionada na garganta do empregador de Lumwak. Ele reconheceu o ângulo — a imagem era da câmera de segurança 4A, que ficava na sala dos fundos.

Ele levantou os olhos bem a tempo de ver a mesma manga passar voando pela rua diante dele.

Lumwak era um pensador. E sua principal filosofia estava totalmente voltada para o que era melhor para si próprio. Tinha toda intenção de ser o responsável por parar aquela manga... e a pessoa ligada a ela.

Ele pegou a arma com as duas mãos, levantou-se e saiu correndo atrás do braço sem corpo.

Valerian, que estava em forma, corria a toda a velocidade — ou pelo menos toda a velocidade que conseguia alcançar enquanto a manga deixava comerciantes inconscientes e derrubava as mercadorias virtuais —, por isso esperava ter deixado seus perseguidores para trás. Arriscou um olhar por cima do ombro. Não havia sinal dos capangas do kodhar-khans. Ofegante, mas sem parar de correr, ele disse:

— Acho que os despistei!

— Ótimo. — Era a voz de Laureline.

Valerian se permitiu um sorriso. Olhou para si mesmo e o sorriso murchou — porque *conseguia* se ver. O efeito do spray estava passando, e partes do seu corpo já estavam visíveis.

Ele praguejou.

— O que você disse? — perguntou Laureline, parecendo achar graça. — Não entendi.

Valerian ergueu os olhos da visão do seu pé esquerdo, rótula direita e três dedos da mão esquerda e sentiu o coração acelerar.

Um dos guardas de Igon, carregando uma arma enorme, se aproximava depressa. Valerian sabia exatamente o estrago que ela podia fazer, e na mesma hora voltou a correr. O guarda abriu fogo.

Valerian foi atingido, e sentiu que logo estaria no chão.

Era um tipo específico de arma, misericordiosa, até. Policiais costumavam usá-la na perseguição a criminosos, por permitir uma captura rápida e sem grandes perdas para nenhuma das partes. Mas não haveria misericórdia no caso de Valerian. Igon Siruss obviamente o queria vivo... e aquilo não era uma boa notícia.

A arma disparava milhares de rolamentos de esferas de aço que ficavam no corpo do alvo; o peso acumulado diminuía o ritmo da presa até que finalmente esta não conseguisse mais se mover. Valerian sabia que estava com sorte. O capanga só podia mirar na manga, não no corpo de Valerian.

Mas era o bastante para imobilizá-lo.

De repente seu braço parecia pesar uma tonelada. Ele continuou correndo, teimoso, esquivando-se. A princípio, conseguia levantar o braço sozinho, depois precisou da ajuda da outra mão até que, por fim, seu corpo se rendeu. A manga caiu, seguida por todo o resto. Ele ficou estatelado no chão, ofegando enquanto tentava levantar o que não podia ser levantado.

O guarda se aproximou, sem pressa. *Por que se apressar, se ele sabe que não vou a lugar algum?*, pensou Valerian, com um senso de humor mórbido.

— Sabe — o guarda-costas disse de maneira simpática, a voz profunda quase agradável —, o modo como essa arma funciona é uma metáfora. Uma dessas pecinhas metálicas sozinha não seria capaz de fazer nada. Centenas delas retardam o alvo. Com milhares... bem, aqui estamos nós, não é? A quantidade certa é capaz de deter qualquer coisa. O que confirma a ideia de que, com frequência, sozinhos, não temos como vencer. Quando vários se unem, no entanto, a história já é outra.

Valerian não podia acreditar que o guarda-costas estava perdendo tempo com aquele papinho. Preso como estava, incapaz de se mover, imaginou que era um público cativo em todos os sentidos. Talvez aquele fosse o motivo. Provavelmente ninguém dava ouvidos ao cara.

Mas o guarda tinha lhe dado uma ideia. Mesmo com todo aquele blá-blá-blá sobre como uma pessoa não podia vencer sozinha... ele estava tentando prender Valerian sem a ajuda de ninguém.

No tempo que levou para o capanga de Igon chegar até ele, Valerian já tinha pensado em um jeito de escapar. Uma grade a alguns centímetros de distância levava a algum lugar no nível inferior. Valerian não sabia para onde e, no momento, isso não importava. Devagar, tanto para não chamar a atenção quanto porque não conseguiria se mover mais rápido mesmo se quisesse, ele levou a manga até a grade.

Então, com um esforço que o fez soltar um grunhido e começar a suar, levantou a manga com a ajuda do outro braço tão alto quanto pôde e depois a largou.

— Se não estivesse agindo sozinho, amigo, talvez você e eu agora não precisássemos... *Ei*!

Por um breve instante, quando seu braço superpesado atingiu a grade, Valerian se permitiu abrir um sorriso triunfante. Alguns segundos depois, porém, ele perceberia que a manga não apenas abriria caminho para o andar abaixo, mas também para o próximo.

E o próximo... e o próximo.

Crash.

Crash.

Crash.

No quarto andar, Valerian notou que precisava alinhar o resto do corpo com o peso implacável da manga. No décimo quarto, tinha quase conseguido assumir a posição correta. Quando aterrissou com um forte impacto vinte andares abaixo e se deu conta de que não havia um vigésimo primeiro à sua espera, ficou mais grato do que esperava pelo fato de a inesperada e dolorosa aventura ter terminado — por mais sofrida que tenha sido.

Valerian recuperou o fôlego e olhou em volta. Ainda um pouco afetado pela queda brusca de vinte andares, procurou se orientar. O que, descobriu, é um pouco difícil de fazer quando se está no meio de uma loja de brinquedos de realidade virtual, que por si só era algo de outro mundo.

Valerian se sentiu bombardeado pelas cores. Espirais de roxo, azul, verde, fúcsia, amarelo, laranja e todos os tons possíveis atingiram seus olhos. Prateleiras exibiam o que ele supôs serem algum tipo de fantasia. Máscaras que escaneavam faces e as transformavam em vários tipos de rostos alienígenas ficavam empilhadas em outro canto. Uma espécie de lambreta voadora zunia alguns metros acima da sua cabeça. Uniformes de diferentes heróis da galáxia cobriam uma das paredes, enquanto armas de brinquedo acumulavam-se em outra. Jogos, bolas, naves, doces, o que quer que interessasse a alguém com menos de dez anos — e a alguns mais velhos também, Valerian teve de admitir ao ver os uniformes — estavam disponíveis em toda a sua glória, e em todas as cores do arco-íris.

Seu olhar atordoado e seu cérebro confuso concentraram-se novamente quando algo macio, esponjoso e fedido aterrissou no seu visor com um *plop*.

Um som que sem dúvida era alienígena, um ser que estava se divertindo muito, aparentemente, chegou aos seus ouvidos enquanto limpava a sujeira, franzindo o nariz. Era exatamente o que ele suspeitava.

Valerian virou-se para encarar a criança, um da, que olhou para ele, ainda rindo. Também parecia um brinquedo, com pouco mais de meio metro de altura, redondo, fofinho e rosado. Seus olhos eram bem pequenos, assim como sua boca, e nenhum nariz à vista. Usava um chapéu amarelo e macacão amarelo e laranja. Suas mãos com três dedos estavam fechadas em uma pistola de brinquedo laranja e vermelha. Em uma escala muito mais simples, operava da mesma maneira que o conversor Mül. Você colocava alguma coisa na abertura, e ela saía pelo cano da arma em grandes quantidades.

No caso, "a coisa" era…

— Peguei você — disse a criança, triunfante, a boca pequena mal se movendo. — Você está todo sujo de cocô agora.

Valerian forçou um sorriso.

— Muito engraçado — disse ele, limpando a mão no chão. — Mas tenho algo melhor. Dá uma olhada *nisso*.

Ele tirou um pequeno aparelho do bolso do short. Com a mão, moveu o escâner. Em dois segundos, já tinha analisado o amontoado de rolamentos de esfera em seu braço e reproduzido um. Valerian passou a pequena pecinha para o garoto engraçadinho, que a pegou habilmente em suas mãozinhas que mais pareciam luvas.

— Vai nessa, garoto — disse ele, sorrindo. — Coloca na sua arma. Vai ser muito mais legal.

Animado, o pequeno da fez exatamente aquilo, e na hora certa.

Júnior tinha acabado de entrar pela porta. Muito maior que o pequeno da, era rápido e estava furioso. O pequeno olho que lhe restava brilhava de raiva, e ele alcançaria Valerian em um segundo. Estava tão focado em matá-lo com suas próprias mãos — ou pelo menos a dar um belo trato nele antes de entregá-lo ao pai — que nem sacou a arma.

Mas o garoto, o incrível e maravilhoso atirador de cocô, virou-se para o intruso e ficou feliz em abrir fogo. Ainda que fosse bem mais saudável que seu pai, Júnior parecia não possuir a astúcia maligna de Igon, porque tudo o que conseguiu fazer foi ficar olhando de queixo caído enquanto milhares de pequenos rolamentos se grudavam à sua armadura de metal. Ele grunhiu e ficou desconcertado quando o peso o forçou a ficar de joelhos.

— Até mais, Júnior! — exclamou Valerian, animado.

Então apertou o botão de outro equipamento que havia tirado do bolso. Todos os rolamentos na sua manga, cada uma daquelas pecinhas amaldiçoadas, voaram pela sala para se juntar às ombreiras já carregadas de Júnior.

O peso de todas as esferas somado ao do próprio Júnior — que devia ser considerável — foi demais para o chão. Com um som que parecia um gemido, o piso cedeu, e Júnior foi jogado para o andar de baixo.

Valerian ficou ouvindo com satisfação o barulho de mais e mais camadas quebrando, o som ficando mais fraco conforme Júnior se afastava.

Depois de ter suportado tanto peso, os músculos sob a manga tremiam. Valerian levantou-se e foi até o garoto, dando tapinhas em seu ombro.

— Você estava certo, foi divertido! Em quem vamos atirar agora? — perguntou o garoto, animado.

— Tem hora para tudo — disse Valerian sabiamente. — Você não tem lição de casa para fazer?

A expressão alegre do garoto se desfez. Num impulso, Valerian tirou mais um pouco dos dejetos fedidos que estavam grudados na viseira e passou no rosto dele. O pequeno da ficou boquiaberto, respirou fundo, soltou um gemido forte e começou a chorar.

— Isso aí, vai pra casa. Corre para a mamãe. Vai se limpar!

Ao ouvir um som atrás de si, Valerian deu meia-volta e olhou para cima...

... e para *cima*. À sua frente se erguia um ser que com certeza era da mesma espécie que o atirador de cocô chorão. Na verdade, as proporções eram quase idênticas: a forma molenga, a cabeça grande, os olhos e a boca minúsculos.

Só que era mais de dois metros mais largo e devia ter mais ou menos o peso de Júnior.

Valerian sentiu o sangue se esvair do rosto e perguntou:

— Você é a mamãe?

A boquinha dela passou do tamanho de uma unha ao tamanho do punho de Valerian — não, de Júnior. Ocupava toda a parte de baixo do rosto, revelando uma série impressionante de caninos afiados.

Daquela enorme boca saiu um rugido ensurdecedor que ecoou nos ouvidos de Valerian. Ele não perdeu tempo e tratou de fugir pela porta o mais rápido que suas pernas lhe permitiram.

CAPÍTULO 8

Os minutos seguintes, ou qualquer que fosse o tempo que tivesse passado, foram um borrão.

A equipe de Igon Siruss era coordenada e aparentemente restringida apenas pelo fato de que queriam o agente vivo. Pelo menos por enquanto. Igon parecia ser alguém que poderia facilmente mudar de opinião sobre aquele tipo de coisa.

Então, no momento, Valerian estava fugindo. Passava correndo pelas representações virtuais de antiguidades caras, suas solas de borracha passando por cima de cabeças esculpidas de governantes alienígenas antigos para subir em um telhado. Ele atravessou velhos tijolos ilusórios, incapaz de ver o próprio corpo — ou pelo menos a maior parte dele. Tentou avaliar se seu braço livre era forte o bastante para se agarrar a uma trepadeira grossa e assim se jogar de um telhado para o outro, ou atravessar uma janela, e terminou indo parar bem no meio do que parecia ser uma cerimônia formal envolvendo louça cara, que ele estilhaçou toda.

— Está tudo bem! — gritou Valerian por cima do ombro. — São apenas pratos virtuais!

Aquilo não pareceu consolar o vendedor verde-acinzentado de seis pernas, que balançou quatro delas na sua direção, arrebatando algo cheio de bolhas.

Valerian não havia tido muito tempo para estudar o mapa, mas sabia o bastante para encontrar o metrô vertical do Mercado. Ele não fazia ideia de onde se encontrava naquele momento, mas "para cima" parecia uma direção excelente a seguir, já que pelo menos dificultaria a perseguição dos capangas de Igon. "Para cima" também o levaria de volta ao térreo, o único caminho para o portão e para a segurança. Ele não poderia arriscar entrar em um trem, mas certamente podia *subir* em um.

Uma das linhas não estava muito distante dele. Não havia nenhum trem por perto, no entanto. Não ainda.

— Não perca as esperanças — murmurou Valerian para si mesmo enquanto corria.

E, de fato, quando estava a poucos passos de distância, foi recompensado com a visão de um vagão cheio de turistas, todos com o rosto — ou o que lhes servia de rosto — pressionado na janela fazendo "uau!" e "ah!" diante do que viam.

Não estavam mais fazendo "uaus" e "ahs" trinta segundos depois, quando Valerian pulou e se agarrou como pôde, com o próprio rosto apertado no vagão. Os turistas se afastaram, assustados. Alguns começaram a rir, e uma das crianças fez careta com suas duas bocas ao avistar a manga.

Valerian não podia arriscar olhar para trás, visto que qualquer movimento poderia acabar com a tênue aderência. De qualquer modo, ele considerava o fato de não estar sendo alvejado muito encorajador.

Quando por fim conseguiu subir e pular do trem, abrindo caminho em meio à inesperada massa de transeuntes, percebeu que estava num andar equivalente a uma fila de caixa. Alienígenas parecendo entediados e inúmeros humanos embrulhavam objetos de todos os tamanhos e formatos. Depois disso, cada item ia para uma caixa cinza aparafusada ao chão.

— Qual é mesmo o nome disso? Transmissor? — perguntou uma voz familiar.

Antes de olhar na direção do som, Valerian reconheceu o tom distinto e o cabelo vermelho da mulher do casal de turistas que tinha visto antes.

— Transportador — informou o caixa, que era humano e parecia cansado. Tinha cabelo ralo e um sorriso forçado. Provavelmente repetia aquela palavra mil vezes por dia. Valerian desejou que a milésima primeira não chegasse.

* * *

— Ah, um *transportador*, desculpa — disse a mulher de cabelo vermelho.

Ela e o marido estavam entre a multidão de compradores que Laureline percorria à procura de Valerian.

— Permite que qualquer objeto seja enviado de um mundo para outro — disse o caixa sem alterar a voz. — Por favor, insira o código que está no seu ingresso e ele estará esperando por você quando chegar de sua animada visita ao magnífico Mercado Principal, o melhor lugar para fazer economias de dimensão galáctica.

O homem colocou o código na máquina e o objeto desapareceu, enviado para Terra, Alfa ou qualquer outro lugar que o casal chamasse de "casa".

— Incrível! — exclamou a mulher. — É tão prático!

O marido não parecia tão entusiasmado quanto ela. Seu rosto estava vermelho e suando debaixo do visor do capacete amarelo e preto.

— Inútil, você quer dizer — grunhiu ele. — Você nem sabe o que vamos fazer com aquela porcaria!

— Ah, não seja tão ranzinza, querido! É... — Ela procurou a palavra certa. — Decorativo. Tente ser civilizado, para variar!

O homem olhou em volta. Presa por um momento no drama familiar, Laureline notou que o olhar dele se concentrou em um grupo de alienígenas, depois em outro, e em um terceiro.

— Civilizado? — desdenhou ele com arrogância, curvando os lábios em um desgosto mal disfarçado. — Então tá.

A voz do major Gibson soou no ouvido de Laureline. Aquilo a distraiu da desagradável demonstração de intolerância que estava presenciando, mas as instruções tampouco eram bem-vindas.

— Sargento — chamou Gibson. — De volta à base. Agora.

— Não posso abandonar meu parceiro — respondeu Laureline, ainda percorrendo a multidão.

— É uma ordem, sargento.

Laureline mordeu o lábio, de preocupação e frustação. Seu olhar recaiu sobre a saída para a qual começou a se dirigir, ainda relutante. Mas enquanto se desviava dos turistas satisfeitos — e muito provavelmente endividados — fez uma última tentativa:

— Valerian? Está me ouvindo? *Responda!*

— Alto e claro — disse uma voz bem-vinda.

Laureline deixou escapar um suspiro de alívio.

— Aí está você! — exclamou, ao mesmo tempo irritada e aliviada. — Já era hora! O que diabo você estava fazendo?

Laureline voltou a se dirigir para o portão, roubando a arma de um guarda siirt com tanta discrição que ele nem percebeu.

— Compras — respondeu Valerian

— Está tudo bem?

Houve uma longa pausa; longa o bastante para o coração de Laureline voltar a bater descompassado.

— Mais ou menos!

A voz dele não saiu exatamente como um grito, mas sem dúvida estava mais alta que o normal. Às palavras imediatamente se seguiu o som de tiros.

Sem qualquer hesitação, Laureline virou-se e voltou para ajudá-lo.

Mas Gibson a estava monitorando, é claro, e sua mudança de direção abrupta não passou despercebida. Ela ouviu a voz dele outra vez, irritada e seca.

— Para o outro lado, sargento. A prioridade é a missão. Precisamos do conversor!

Laureline baixou o queixo em um gesto de teimosia que seu parceiro teria reconhecido em um piscar de olhos, caso não estivesse necessitando desesperadamente de ajuda, e seguiu em frente.

— Agente Laureline! O que está fazendo?

— Não vou demorar.

— Sargento! Retorne à base, isso é uma ordem!

Angustiada, ela obedeceu. Valerian estava por perto, ele mesmo tinha dito. Ela estaria pronta para entrar em ação se ouvisse qualquer coisa dele que garantisse isso.

— Estou a caminho — respondeu ela, voltando a marchar para o portão.

Espero não ter cometido um erro terrível, pensou no caminho.

* * *

Valerian chegou ao fim de uma rua que levava a uma parede incrivelmente sólida. E não era uma parede qualquer: era o muro que circundava o complexo. Nunca tinha pensado que blocos de pedra empilhados poderiam ser tão bonitos. Tinha vontade de beijá-los.

Ele examinou o muro, imaginando se conseguiria escalá-lo. Era velho, largo e desgastado pelo tempo, então ele facilmente encontraria apoio para os pés...

Mas se lembrou da caixa desproporcional que tinha acoplada ao braço esquerdo e percebeu que seria impossível escalar o muro com apenas uma das mãos livre. Disse vários palavrões, com vontade. Mesmo assim, tentou. Não tinha outra opção. Esticou o braço e se içou para cima, procurando apoiar os pés e o braço coberto pela manga enquanto tentava escalar com o outro. Era tão frustrante quanto tinha imaginado.

Frustrante e potencialmente mortal. Conseguiria chegar até o portão? Pretendendo seguir ao longo do muro para ver até onde ele ia, Valerian virou-se e arregalou os olhos.

O brilho forte do sol que iluminava o fim da rua era marcado por duas silhuetas familiares: a forma alta e angular dos kodhar-khans e a forma compacta e atarracada dos pit-ghors. Eles notaram Valerian, ergueram as armas e abriram fogo.

Desesperado, Valerian voltou a observar o muro, e seu olhar recaiu sobre um ponto mais escuro nele, uma sombra.

Um maravilhoso buraco retangular onde alguém tinha retirado uma das pedras. Com um pouco de sorte...

Ele se ajoelhou. *Sim!* Dava para passar. Usou a mão livre para ajudar no deslocamento, então percebeu que tinha soltado a pérola. Ele a viu rolar na direção da entrada, como se estivesse em câmera lenta. Murmurando palavrões, Valerian se esticou, fechando os dedos ao redor dela... antes de puxar a mão mais que depressa, sentindo um bafo quente quando os dentes enormes do pit-ghor se fecharam a poucos centímetros de distância. Então ouviu uma voz falar ao seu ouvido:

— Precisa de ajuda?

Laureline!

Ela deslizou até o lado dele e os dois ficaram apertados no buraco. Normalmente, ele acharia aquilo ótimo, mas no momento tinha coisas mais importantes com que se preocupar.

— Só queria meu braço de volta, por favor.

Sem coleira, os pit-ghors faziam barulhos horríveis e se lançavam contra Valerian. Ele apertou o gatilho e disparou uma saraivada de balas na direção das criaturas. Ganindo, os pit-ghors voltaram para o lugar de onde tinham vindo.

Laureline abriu uma portinhola na lateral da manga. Um monte de fios saltou para fora, e ela se aproximou para começar a cuidar do emaranhado.

Sorrindo, disse:

— Acho que, se você quiser pedir minha mão em casamento, é melhor recuperar a sua primeiro.

Valerian observava as várias avenidas tentando antecipar um ataque, mas naquele momento olhou para ela com um sorriso esperançoso no rosto.

— Isso é um sim?

Laureline olhou para ele e apenas disse:

— Não se mexa.

Valerian tentou obedecer, mas então percebeu que os pit-ghors ainda não tinham desistido. Só tinham dado uma volta no quarteirão e agora miravam no que conseguiam ver do outro lado: a manga. Valerian girou e atirou neles.

— Quer parar? — Laureline o repreendeu. — Como posso consertar isso se você não para de se mexer?

— Se não andar logo com isso, não vai sobrar nada para consertar.

Valerian atirou na matilha. As criaturas desistiram, mas ao final ele ouviu um clique e percebeu que estava sem munição. Se houvesse mais pit-ghors ou se os guardas viessem atrás dele...

— Isso, bem melhor! Não se mexa! — disse Laureline, olhando mais fundo nas entranhas mecânicas da manga.

Valerian observava freneticamente todos os lados de onde poderia vir um ataque. Voltou o olhar para a pilha de pit-ghors mortos e viu que um deles estremeceu, rangeu os dentes afiados e começou a se levantar. A criatura se sacudiu, então seus olhos se concentraram na manga e ela começou a vir na direção do objeto, ganhando velocidade a cada passo.

— Anda logo com isso, Laureline! — gritou Valerian. — Tem um vindo para cá e não tenho mais balas.

— Estou fazendo o melhor que posso, major.

— Então acelere!

Ela ergueu as mãos.

— Quer tentar sozinho?

— Laureline, por favor, eles estão vindo. Coloca a mão de volta nesse negócio.

Aquilo não soou como ele queria.

— Então não reclama e fica *parado*.

A boca de Valerian estava seca. Ele não se importava em ter de encarar o perigo. Mas não gostava de precisar fazer isso sem munição. A voz do major Gibson soou em seus ouvidos.

— Vocês foram identificados. Se separem!

Aquilo era impossível no momento. O coração de Valerian subiu para a garganta quando notou que o pit-ghor machucado que se aproximava tinha companhia. Alguns dos seus companheiros tinham se recuperado e estavam se aproximando cada vez mais rápido.

— Agora são três! — disse ele ao major. — Não vou conseguir segurá-los por muito tempo.

— Só mais alguns segundos, major — pediu Laureline com o rosto imóvel, muito concentrado, os dedos voando pela confusão de fios.

— Atacar! — gritou um guarda.

Laureline fechou a portinhola. Seus olhos ardiam quando olhou para Valerian.

— Pronto!

— Valeu!

Antes mesmo de Laureline terminar ele já estava rolando para o lado, para escapar do ataque do primeiro pit-ghor. A criatura errou a mordida e ficou pulando no lugar, olhando para a tentadora manga com os dentes à mostra. Valerian prendeu a respiração e inseriu o código no teclado.

Seu braço desapareceu, e o pit-ghor se estatelou de maneira patética no chão, a mandíbula abocanhando apenas o ar.

Valerian se livrou da manga e tocou o braço. Já tivera sua cota de realidade virtual para o dia, então queria se certificar de que era real. Ele sorriu e se contorceu para sair do buraco, então tirou o capacete, jogou-o no chão e sacudiu o cabelo.

— Tudo bem? Está tudo aí? — perguntou Laureline, seguindo-o e pegando a maleta que continha o conversor. — Podemos ir agora?

Sem esperar por uma resposta, ela avançou rapidamente na direção do portão leste, com Valerian logo atrás.

— Vocês estão visíveis. — Escutaram a voz de Gibson em seus ouvidos enquanto corriam. — A tela do amigo do Zito acabou de mostrar. Sigam em frente. Não mudem de direção.

— Não pretendíamos fazer isso — afirmou Laureline.

Igon Siruss não costumava se mover com muita rapidez, e mesmo quando o fazia sua velocidade deixava muito a desejar. Os guardas o notificaram de que o agente Valerian estava encurralado, o que fez com que se locomovesse a um ritmo moderado. Agora ele estava no fim da rua, mas só via guardas desapontados e pit-ghors mortos ou perdidos, indo de um lado para outro e cheirando o chão inutilmente.

— Desculpa, chefe — disse um dos kodhar-khans.

— Ele conseguiu escapar — acrescentou o outro. — Não sabemos bem como, mas conseguiu.

A fúria tomou conta de Igon. Seu primeiro impulso foi aniquilar todos os guardas. Ele poderia fazer aquilo; seria um trabalho sujo, e Igon preferia deixar que outros fizessem, mas certamente poderia.

Mas não. Haveria tempo para lidar com eles mais tarde.

Igon aprendera um ditado humano havia muito tempo: *a vingança é um prato que se come frio*. Na maior parte do tempo, era verdade. Mas não naquele dia.

Naquele dia, ele queria uma vingança rápida e, de preferência, bem sangrenta.

— Tragam um megaptor agora! — rugiu ele.

CAPÍTULO 9

O major Gibson ordenou à sua unidade que saísse do ônibus colorido e brilhante e se preparasse para cobrir a fuga da equipe pelo portão. Parecia que os problemas do major Valerian com a manga puseram metade do Mercado Principal em sua perseguição.

Gibson só havia ouvido coisas boas a respeito de Laureline — ela pensava rápido, se saía bem em situações de combate, era detalhista e respeitava a hierarquia. Também tinha ouvido coisas boas sobre Valerian, mas, diferentemente do que acontecia com a sargento, os elogios ao major vinham com alguns poréns.

Ele é um pouco impulsivo, alguém havia dito. *Arrogante, mas muito bom no que faz*, outra pessoa tinha acrescentado. *Imprudente... mas tem sete medalhas e nem completou trinta anos*, comentara um terceiro.

Gibson suspeitava que ele sequer tinha lido as diretrizes da missão. E, naquele momento, Valerian, a respeitável sargento e o conversor de valor inestimável estavam do outro lado do grosso muro vermelho.

Gibson estava focado na tela de Zito, voltando a atenção às vezes, irracionalmente, para o portão leste. Ele arregalou os olhos quando viu uma mancha grande na tela; algo enorme perseguia os dois agentes e se aproximava a uma velocidade preocupante.

— Os siirts nas outras torres de vigilância pegaram as armas — relatou Zito.

— Atacar! Alerta vermelho. Repito: atacar! Alerta vermelho! — gritou o siirt sob controle.

— A polícia está se aproximando, senhor — acrescentou Zito.

— Dê cobertura! — gritou Gibson.

A voz de Laureline soou em seu ouvido.

— O que fazemos agora?

Gibson só tinha uma resposta para dar:

— *Corram!*

Os dois correram.

Pequenas nuvens de poeira se formavam atrás deles a cada passo frenético rumo à segurança. Tiros podiam ser ouvidos por toda a parte. Valerian ergueu os olhos para ver o siirt controlado por Zito abrir fogo sobre seus colegas. O pobre soldado parecia horrorizado diante do que estava sendo obrigado a fazer. O portão estava logo à frente. Os dois se lançaram em sua direção a toda a velocidade, sem reduzir o ritmo quando avistaram o ônibus.

Como as pessoas no comando da missão, o veículo que os tinha levado até ali também estava camuflado. Agora, no entanto, podia abandonar seu disfarce de ônibus turístico decrépito. A parte da frente, incluindo os faróis e o para-choque, se abriu como um livro, formando um escudo protetor. Luzes se acenderam em ambos os lados do veículo. Uma proteção cobria as rodas, enquanto pesadas placas de metal protegiam a lataria. As janelas velhas e sujas foram substituídas por grades com furos grandes o suficiente para permitir disparos de rifle a intervalos militarmente precisos. Grades semelhantes, com barras horizontais, estendiam-se sobre o para-brisa. Com um zunido, uma torre de artilharia surgiu e assumiu sua posição. Outras armas apareceram ao longo do veículo agora fortemente armado e pronto para a ação.

Balas revoavam em volta de Valerian e Laureline. Ofegando enquanto corria, segurando a maleta com a preciosa carga próxima ao peito, ela ouviu o som de *alguma coisa* em seu encalço. Contrariando seus instintos, olhou para trás e perdeu o fôlego ao encarar a realidade avassaladora.

— Depressa! Mais rápido! — gritou Laureline, e ela e Valerian correram como nunca.

Era um megaptor saído direto de um pesadelo.

Era monstruoso, quatro vezes maior que os pit-ghor que haviam perseguido Valerian, e ainda mais feio. Laureline nunca pensou que algo do tipo fosse possível. Um terço do seu corpo volumoso e reptiliano parecia ser composto apenas pela cabeça, e pelo menos metade da criatura era composta de dentes. Parecia grande e musculosa demais para ser tão rápida. Mesmo assim o megaptor estava reduzindo a distância entre eles, propelido para a frente por patas gigantes com garras grandes o bastante para envolver todo o corpo esbelto de Laureline. Espinhos pretos e pontiagudos saíam de sua coluna, e quando Laureline sentiu o calor do seu hálito, só podia rezar para que fosse sua imaginação.

Laureline se forçou a focar no portão leste, que se aproximava depressa. A abertura para a entrada diária dos turistas era pequena demais para que o monstro passasse.

E ela e Valerian não estavam sozinhos. Laureline ouviu o major Gibson dar a ordem para abrir fogo. Enquanto Zito cuidava das torres de vigilância que atacavam a dupla, os outros atiravam nas criaturas monstruosas que a perseguiam. O ônibus já tinha quase concluído sua transformação; quando os dois agentes empoeirados, suados e tomados pela adrenalina entraram, seu único ponto vulnerável era a porta.

Os outros logo os seguiram. A porta fechou atrás deles e reforçou sua própria estrutura com uma barricada metálica de dez centímetros de espessura.

— Vamos sair daqui! — gritou Gibson para o motorista, que obedeceu imediatamente.

O veículo galvanizado arrancou. Exaustos e aliviados, Laureline e Valerian se jogaram nos assentos.

Eles tinham conseguido! Eles…

Então ouviram um som horrível.

Laureline olhou por um dos pequenos buracos para armas. O ônibus, que agora era um tanque, estava dando voltas e, no centro do portão de metal, ela não viu a pequena abertura pela qual tinha passado com Valerian, mas um grande buraco de metal denteado.

Laureline virou para o parceiro e os dois se encararam, com os olhos arregalados.

De repente veio outro ruído alto e assustador, e o ônibus balançou com violência.

O megaptor estava no teto.

Laureline ouviu o disparo contínuo da arma posicionada no teto conforme ela girou e começou a disparar quase à queima-roupa. A julgar pela violência do chacoalhar, pelo barulho terrível das garras rasgando o metal e pelos gritos raivosos e agudos da criatura, a poderosa arma tinha pouco ou nenhum efeito sobre ela.

— Tira essa coisa de cima da gente! — gritou Gibson para ser ouvido apesar da barulheira.

O motorista jogou o ônibus para um lado e para o outro, sacudindo todo mundo que estava dentro dele, mas a manobra sinuosa pareceu ser tão ineficiente quanto a arma que ainda disparava balas na coisa. De repente, a paisagem do deserto no para-brisa traseiro foi preenchida pela terrível visão da pele manchada de marrom e amarelo do megaptor, de seu único e sinistro olho dourado e sua boca cheia de dentes rugindo furiosamente.

Três dos soldados abriram fogo através das grades, tentando se concentrar no olho horroroso e na boca aberta. O bicho se apoiou nas patas traseiras e em uma das dianteiras, usando a outra para atingir o veículo. As grades dobraram como se fossem feitas de bambu. Suas garras pretas se fecharam sobre um dos soldados, esmagando seu corpo sem esforço. Ele gritou e se debateu enquanto sangrava. O megaptor o puxou para fora, deu uma mordida e jogou seu corpo lá dentro de novo, esticando-se para pegar mais alguém, golpeando os soldados com a pata dianteira que agora pingava gotas escarlates.

Elevando a voz para ser ouvido apesar dos gritos e dos tiros, Valerian falou ao microfone:

— Alex! Precisamos de você!

— Estou a caminho, major! — respondeu ela.

Laureline pensou que nunca em sua vida tinha ficado tão feliz em ouvir a resposta de um computador.

Parecia impossível parar o megaptor. A criatura desviava sua atenção do para-brisa para o teto, rasgando-o com seus dentes e suas garras. Pouco tempo depois, grunhindo em protesto, o teto da parte traseira foi arrancado, como se o monstro estivesse abrindo uma lata. Ele soltou um grito alto de prazer, enfiando o braço e retirando novamente um pobre soldado. Laureline pensou por um instante que tudo estava acabado, mas a criatura parou na metade do caminho. Seus rugidos se transformaram em grunhidos de frustração ao perceber que só conseguia enfiar uma pata e a cabeça no buraco que tinha criado.

Todos tinham se apertado na frente do ônibus e atiravam na besta, mas as balas pareciam simplesmente ricochetear na couraça da criatura.

Laureline, que estava fazendo seu melhor para atirar, usando um assento como cobertura, reparou na sombra crescente sobre a cena sangrenta e arriscou um olhar na direção do para-brisa da frente. Era a *Intruder* — a cavalaria tinha chegado. E bem na hora.

— Estou sem munição! — gritou Laureline para Valerian, o pânico ficando claro em sua voz.

— Eu também!

— Vamos! — gritou Gibson. — Peguem o conversor e caiam fora!

Os dois agentes trocaram um olhar rápido. Não gostavam da ideia de deixar os outros para trás para serem destroçados por um megaptor com sede de sangue.

— É uma ordem, agentes! — gritou Gibson. — Agora!

Os lábios de Valerian formaram uma linha fina enquanto pegava o conversor.

— Alex? — chamou ele.

— Em posição, major.

Depois de tirar a arma dos dedos sem vida de um dos soldados caídos, Valerian atirou no vidro do para-brisa enquanto o motorista apertava um botão. As barras de metal se recolheram. O caminho estava livre.

Um pouco à frente estava a *Intruder*, na mesma velocidade e na mesma altura que o antigo ônibus. Alex liberou a rampa. Os dois abaixaram as armas para passar pelo para-brisa quebrado, balançando precariamente na frente do ônibus veloz. Atrás deles podiam ouvir gritos, rugidos e um som horrível de trituração.

A *Intruder* e a rampa estavam cada vez mais perto... mais perto...

Deram impulso e pularam. Laureline sentiu um sopro de ar quente nas pernas expostas — dessa vez definitivamente *não era* sua imaginação — e então ouviu o ruído de algo se rasgando e o rugido de um monstro frustrado.

Valerian e Laureline caíram com força na rampa, levantaram-se e saíram correndo para a cabine. Alex recolheu a rampa tão logo passaram. Pulando no assento, Laureline foi tomada por um medo terrível. Só se tranquilizou quando viu Valerian colocar a maleta com o conversor em um canto. Ela voltou a olhar para a frente e suspirou, aliviada.

Seu vestido estava aos farrapos.

— Droga! — exclamou ela. — Ele arruinou meu último vestido!

Então Laureline pensou em Gibson e nos outros e se sentiu péssima por ter ficado chateada por causa de um vestido idiota. Ela começou a decodificar as coordenadas.

— Obrigado pelo resgate, Alex — disse Valerian, ignorando Laureline. — Passar para o controle manual. — Ele verificou os monitores, assumindo rapidamente o controle da nave. — Preparando para entrar no exoespaço. — Valerian olhou para Laureline. — Você tem as coordenadas do ponto de encontro?

— Estou decodificando.

Um solavanco repentino sacudiu toda a nave.

— O que foi isso, Alex? — perguntou Valerian.

A voz do computador parecia ansiosa quando respondeu:

— Temo que tenhamos um clandestino.

Laureline parou de se sentir mal por Gibson e pelos demais.

O megaptor não era mais problema de sua equipe.

Era deles.

— Merda! — praguejou Valerian. Então disse para Laureline: — Segure-se!

Ela mal teve tempo de botar o cinto de segurança antes que ele puxasse o controle com força para trás. As costas de Laureline colidiram no estofado preto conforme a frente da XB982 apontava para cima, em posição quase vertical.

Uma tela ganhou vida na frente de Valerian, revelando o rosto de um dos ministros da Federação. Ele parecia muito, muito insatisfeito.

— Major Valerian — disse em um tom tenso e irritado —, você está quase vinte minutos atrasado!

— Sério? — Valerian fez a cara mais inocente que conseguiu. Apesar da situação, Laureline sorriu; conhecia aquela expressão muito bem. Com uma olhada rápida para o ponto do teto onde imaginava que o megaptor enfurecido tentava abrir caminho em direção à cabine, o major acrescentou: — O tempo voa quando estamos nos divertindo.

— Estamos com o conversor, senhor — interrompeu Laureline.

Infelizmente, isso não pareceu tranquilizar o ministro como ela esperava.

— Excelente — respondeu ele, bruscamente. — Agora talvez vocês possam me explicar o que estão fazendo a dezessete anos-luz do ponto de encontro.

Valerian piscou.

— Parece mesmo ruim se pensarmos assim — admitiu. — Mas se eu disser que vamos chegar em...

Ele olhou para Laureline, com uma sobrancelha erguida em interrogação.

— Nove minutos — disse ela.

— Nove minutos — repetiu Valerian. — Não soa melhor?

O megaptor parecia estar perdendo a paciência. A *Intruder* era arremessada no espaço enquanto a criatura se debatia sobre ela, chacoalhando a nave em uma tentativa desesperada de entrar.

— Vou informar o comandante sobre o seu atraso... e encaminhar seu pedido de desculpas — disse o ministro, maldosamente.

— É claro, faça isso! — respondeu Valerian com falsa animação.

O homem desapareceu da tela, e o agente suspirou.

— Exoespaço em cinco segundos — informou Laureline.

— Alguém vai levar um tombo feio! — disse Valerian, sorrindo.

* * *

O megaptor estava com fome, e as coisinhas que tinham acertado sua pele davam um pouco de coceira. Ele estava bravo com suas presas por serem tão esquivas; não tinha comido o dia todo. Normalmente a comida era macia, suculenta e fácil de devorar, mas aquela se escondia em uma estranha caixa e era muito difícil de pegar.

A caixa era bem grande, mas o megaptor vira a presa entrar nela, então tinha certeza de que estava lá dentro. Bravo, ele rugiu, mas não conseguia sentir o cheiro do medo. Não conseguia sentir cheiro nenhum, só do metal da caixa.

Uma nova onda de irritação fez com que ele mordesse e arranhasse vigorosamente a estrutura.

Então, do nada, o metal não estava mais embaixo das suas patas.

Não havia nada embaixo do seu corpo e, quando começou a cair, de alguma forma se deu conta de que era uma queda muito, muito longa.

CAPÍTULO 10

Uma vez que tinham se livrado do passageiro clandestino e confirmado com Gibson que não havia ocorrido mais baixas, Laureline trocou de roupa. Se livrou dos trapos em que seu vestido havia se transformado depois do confronto com o megaptor e decidiu que era hora de se dedicar ao seu hóspede, o conversor. Estava preocupada com o efeito que toda aquela confusão poderia ter nele. Torcia para que não estivesse machucado, mas, no mínimo, estaria um pouco abalado. Ninguém gostava de ficar confinado em uma caixa pequena, sendo jogado para lá e para cá ouvindo os urros de um megaptor.

Laureline colocou a caixa contendo o conversor na mesa da enfermaria da *Intruder*. Podia ouvi-lo se mexendo no fundo. Usando um aparelho, decifrou a senha e ouviu um clique quando a caixa abriu.

— Certo — disse ela com doçura. — Venha aqui, amiguinho. Vamos dar uma olhada em você.

A proposta foi recebida por um rugido enquanto a criatura ia ainda mais para o fundo da caixa. Laureline se abaixou e olhou lá dentro. Ela fez uns barulhinhos na tentativa de atraí-lo.

— Vem, amiguinho, está tudo bem. Vou cuidar de você — disse num tom de voz sedutor.

Mais rugidos, embora menos seguros.

— Isso… vem cá…

Ela sorriu para a criatura e esticou a mão. O conversor hesitou, seus olhos se movendo sem parar e seu longo focinho se franzindo, hesitante. Laureline foi paciente. Depois de algum tempo, a criatura se moveu relutantemente até a frente da caixa e apoiou uma patinha com quatro dedos na mão dela. Parecia um réptil, mas Laureline percebeu, ao vê-la movimentar-se, que a barriga era coberta de pelos.

— Muito bem — elogiou.

O tom de voz fez a criatura se aproximar, confiante. Era pequena o bastante para caber na mão de Laureline, que agora podia ver que a barriga peluda, embora manchada e cascuda, era de um azul brilhante. As costas também eram cobertas de um crosta dura. Os olhos que a observavam eram azuis e gentis.

— Você tem olhos maravilhosos, sabia?

Com essas palavras, a forma escamosa da criatura ficou vermelha, e ela inchou um pouquinho. Laureline não conseguiu segurar o sorriso.

— Ei, você está fazendo graça pra mim?

O sorriso foi esvanecendo enquanto ela passava o dedo pela criatura, examinando-a com delicadeza.

— Sua barriga e suas costas estão bem cascudas. E se a gente cuidasse um pouco dessa pele pra você voltar à sua melhor forma?

A criaturinha ronronou de prazer. Era um som agradável e suave, e Laureline de repente sentiu necessidade de proteger aquele serzinho. O ronronar aumentou quando ela abriu a porta para um compartimento quadrado na parede, colocou o bichinho ali e a fechou. A criatura olhou para Laureline pela janela circular, parecendo preocupada de repente, enquanto a jovem digitava um código.

— Está tudo bem — garantiu ela. — Com um pouquinho de urânio de boa qualidade você vai ficar novinho em folha. Aguenta aí!

Laureline apertou o botão. Quatro vigas nucleares banharam o regenerador com uma poderosa luz azul. Ela assistiu enquanto o bichinho dobrava de volume, sorrindo. Quando abriu a porta para pegá-lo, parecia muito mais saudável e mais satisfeito. Ela se derreteu quando ele se aconchegou na curva do seu pescoço.

— Lembro que estudei criaturinhas como você na escola — disse ela, devolvendo-o à mesa. — Estou louca para descobrir se tudo o que estava nos livros era verdade.

Ela o afagou mais uma vez, tranquilizando-o, então tirou um brinco de diamante da própria orelha e o ofereceu ao animal. Seu focinho comprido se mexeu enquanto cheirava a joia, então ele abriu a boca cheia de dentes pequenos e afiados e o engoliu.

Laureline viu, fascinada, o conversor inchar e mudar de cor. Dois segundos depois, levantou delicadamente seu rabo de lagarto e depositou centenas de diamantes na mesa.

Ela ficou observando a pilha de joias brilhantes.

— Uau! — disse ela, por fim. — Preciso levar você às compras comigo.

Laureline beijou o alto da cabeça do conversor, que ficou ruborizado.

Tal qual sua parceira, Valerian tinha dado um trato na aparência e colocado o uniforme. Estava sozinho na ponte, olhando para a preciosa pérola que tinha recuperado, girando a esfera perfeita e lisa repetidas vezes nos dedos. Pensava no estranho sonho. Nos belos seres a quem aquele objeto pertencia, que pareciam ter se materializado naquele dia a partir de seus pensamentos.

Valerian colocou a pérola em um pequeno compartimento no painel de controle.

— Alex? — Ele chamou o computador da nave. — Analise isso, por favor.

— Claro, major — respondeu Alex prontamente, ativando um feixe de luz fino e brilhante e direcionando-o para a pérola.

Ela ficava ainda mais bonita iluminada, o que parecia impossível. Quase hipnotizado, Valerian teve que se forçar a respirar enquanto a pérola era escaneada. Informações surgiram na tela.

Ele leu. Tamanho, peso...

Então piscou.

— Vinte megatons de potência?

— De fato — respondeu Alex, como se aquilo não tivesse a mínima importância. — É dez vezes mais potente que toda esta nave.

Embasbacado, Valerian olhou para o objeto com um respeito que não tinha antes.

— De onde vem?

— De Mül, um planeta que ficava localizado na constelação QN34.

A escolha das palavras não passou despercebida.

— Ficava?

— Sim. Ele não existe há trinta anos.

Valerian se reclinou na cadeira, intrigado.

— Me deixe ver como era.

— Claro.

Um maravilhoso planeta azul-esverdeado surgiu na tela. A maior parte da superfície era coberta por água, mas aqui e ali surgiam porções de terra exuberantes, abraçadas pelo oceano. Agrupamentos suaves de nuvens pareciam acariciar aquele mundo tranquilo.

— Vegetação abundante e algumas espécies primitivas, nenhuma especialmente interessante — relatou Alex.

— Nesse ponto vamos ter que discordar, Alex. A espécie que eu vi no meu sonho era bem interessante — disse Valerian, se inclinando para a frente. — Dê um zoom.

A imagem começou a aumentar, mas de repente congelou. Uma mensagem surgiu na tela: ACESSO NEGADO.

Valerian franziu a testa.

— Use nosso código de acesso — instruiu ele.

— Sinto informar que não funciona, major. O acesso é restrito.

Isso está ficando cada vez mais esquisito.

— A que nível hierárquico?

— General. Cinco estrelas.

Cinco estrelas? Valerian pegou a pérola de novo, sentindo como era lisa ao toque.

— A princesa dos meus sonhos... Ela usava uma pérola igualzinha no pescoço.

— Informação registrada, senhor — respondeu Alex.

Nesse momento, Laureline entrou sorrindo.

— Como está o conversor?

— Chegou meio mal, mas o regenerador ajudou. Ele é tão fofo! E muito sedutor. Agora você vai ter competição nesta nave.

Ao parar ao lado da cadeira de Valerian, Laureline sorriu com as mãos nos quadris. Valerian segurou sua mão.

— Não me importo — disse ele, acariciando os dedos dela. — Mas ainda estou esperando sua resposta.

— A missão ainda não acabou, major — respondeu Laureline, muito profissional, ainda que não tenha feito nenhuma tentativa de puxar a mão. — Temos toda a parte do "confidencial" pela frente. Ou sua memória perfeita está falhando de novo?

Valerian pegou o braço dela com delicadeza, e puxou-a para o seu colo. Laureline aceitou, passando os braços pelo pescoço dele.

— Qual é, não me deixa no escuro. Qual é sua resposta?

Ela o observou com atenção. Por um momento, não disse nada.

— Valerian, você é um cara ótimo e formamos uma bela dupla.

Valerian sentiu um vazio no estômago. Um "mas" estava para vir.

— Mas...

Droga.

— Amor não é só isso. É preciso muito mais.

— Tá — concordou ele, mas logo em seguida perguntou, de uma maneira que acreditava ser muito controlada: — Por que você não me diz *exatamente* o que é preciso?

O silêncio se prolongou tanto que se tornou insuportável. Valerian sentia plenamente o calor do corpo dela contra o seu, a curva do pescoço, o movimento do seu cabelo quando Laureline desviou o olhar, pensando a respeito.

Então ela falou, com uma voz calma e tranquila:

— Passamos a vida toda descobrindo quem somos, para nos tornarmos mais fortes e capazes de nos defender. Então, do nada, vem o amor. E esperam que a gente... se abra, baixe nossas defesas. Deixe que alguém entre no nosso coração, até no nosso DNA. Simples assim.

Um arrepio percorreu o corpo de Valerian e seu coração disparou. Ele nunca tinha visto Laureline daquele jeito, não nos dois anos passados quase que constantemente ao seu lado. Já a tinha visto fria, depois tomada pela fúria; inteligente, profissional, bondosa.

Mas não daquele jeito. Não... tímida. Frágil. Valerian percebeu, com uma humildade que o pegou despreparado, que ela estava mais exposta para ele naquele momento do que estivera usando biquíni ou um vestido sedutor.

Laureline continuava sem olhar para ele.

— De repente estamos vulneráveis — disse ela baixinho. — Indefesos. E dizemos a nós mesmos que é por isso que nunca nos apaixonamos de verdade. Porque temos medo de parecer fracos. Mas é o contrário.

Então ela o encarou, e a intensidade dos seus olhos azuis-acinzentados assustava Valerian à medida que ele mergulhava em suas profundezas.

— O amor nos faz fortes, porque temos que aprender a confiar em outra pessoa mais até do que em nós mesmos. — Laureline fez uma pausa. Então se inclinou e, respirando suavemente, sussurrou tão baixo que ele precisou se esforçar para ouvir: — Valerian... você se acha capaz de fazer isso?

Ele engoliu em seco e abriu a boca para responder.

— Deixando o exoespaço em um minuto — anunciou Alex.

Valerian grunhiu desapontado quando Laureline se levantou.

O momento tinha passado.

— Salvo pelo gongo — disse a mulher perfeita, que logo foi para seu assento ao painel de controle.

— Odeio você, Alex — disse Valerian por entre os dentes cerrados.

— Quer que eu regule seus hormônios, major? — perguntou o computador, todo polido.

— Não, obrigado.

— Como preferir. Deixando o exoespaço em trinta segundos.

Alex prosseguiu com a contagem.

Valerian afundou no assento do copiloto. Então, determinado a não deixar aquele momento se perder, virou para encarar Laureline, sentada ao seu lado.

— Quer saber? — disse ele. — Vou pedir dez dias de licença agorinha e levar você para a praia mais linda do universo. Uma de verdade, dessa vez!

— Dez segundos — anunciou Alex.

Valerian ignorou.

— É o lugar perfeito para uma lua de mel — insistiu ele.

Laureline o encarou.

— A lua de mel costuma vir *depois* do casamento. Você sabe disso, não sabe?

Valerian olhou para ela, cético.

— Sério?

Ela sorriu.

— Aham.

Ignorando a conversa, ou talvez já acostumada àquela altura, Alex continuou:

— Desacelerando...

As estrelas pareceram explodir.

O tempo se esticou, ao mesmo tempo eterno e restrito a um milionésimo de segundo, quando a *Intruder* XB982 saiu do exoespaço. Rompeu o não tempo e o não espaço, onde era possível viajar mais rápido que a luz, e saiu no meio do tráfego envolvendo dezenas de milhares de outras naves. Sem se alterar, Valerian passou por elas casualmente, desviando de uma batida aqui, fechando uma fila de naves ali, tudo isso com a experiência de quase uma década. A maior parte era de veículos de carga enormes e pesados, lutando para passar à frente dos demais enquanto esperavam para entrar na estação espacial Alfa.

— Bom, o trânsito não melhorou — reclamou Valerian.

Ele entrou e saiu das pistas de naves de carga até que a cidade dos mil planetas, como era conhecida, surgiu em sua tela.

Desde os humildes primórdios da estação, no século XX da Terra, a Alfa tinha crescido muito mais do que qualquer um poderia ter imaginado. Alguém que a olhasse pela primeira vez poderia achar que se tratava de um planeta de verdade, escondido nas sombras. Mas, na verdade, não se tratava de um planeta. Havia crescido nave a nave, ano a ano, conforme milhões chegavam para conhecer, negociar, buscar refúgio ou simplesmente paravam, ofereciam sua mercadoria e nunca mais iam embora. De naves pequenas para uma única pessoa a estruturas colossais que podiam abrigar milhares de indivíduos, praticamente todas as espécies sencientes já tinham visitado ou viviam ali, unidas para formar a maior estação espacial do universo conhecido.

Fazia algum tempo que os agentes não tinham que voltar para a base, e Valerian estava curioso para saber exatamente quanto a gigantesca estação espacial tinha mudado.

— Alex? Pode nos atualizar? — pediu Valerian.

— Será um prazer. — Alex parecia sincera. Tinha sido programada para esse tipo de coisa. — A estação espacial Alfa cresceu por volta de sete por cento desde o ano passado, e agora ocupa um diâmetro de 19,2 quilômetros.

Enquanto o computador falava, imagens no monitor mostravam a evolução arquitetônica da estação conforme mais e mais naves se juntavam a ela.

— Qual é a população atual? — perguntou Laureline.

— Aproximadamente trinta milhões de indivíduos — respondeu Alex de imediato. — Três mil duzentas e trinta e seis espécies dos quatro cantos do universo habitam a estação... metaforicamente falando, é claro, porque até onde sabemos o universo não tem cantos... contribuindo com seu conhecimento e sua cultura. Há mais de cinco mil línguas em uso, sem contar as inúmeras linguagens computacionais.

Listas de idiomas começaram a passar no monitor.

— Demografia atual? — perguntou Valerian.

— Na parte sul da estação estão as porções submersas. Há atualmente oitocentas espécies nela, que vivem em diferentes meios líquidos.

Inúmeras criaturas aquáticas apareceram na tela. Valerian reconheceu muitas delas, como os toinuls, que eram gasosos e aquáticos e pareciam cérebros humanos; os martapuraïs, que lembravam peixes e estavam entre os primeiros alienígenas a estabelecer contato com os humanos; os benevolentes fazendeiros poulongs, que colhiam cobalto, e as enormes, e em geral pacíficas, criaturas conhecidas como bromossauros, que tinham mais de sessenta metros do focinho ao longo rabo e habitavam as profundezas da planície de Galana. Mas havia ainda mais seres que Valerian não reconhecia. Isso não o surpreendeu. A estação Alfa estava sempre crescendo.

— Ao norte temos as terras gasosas, que continuam dominadas pela grande colônia de omelites — continuou Alex.

Valerian os conhecia. Todo mundo conhecia. Os omelites, seres magricelas com cabeças desproporcionalmente grandes e braços compridos, eram muito valorizados na estação. Orgânicos e metálicos ao mesmo tempo, tinham desenvolvido uma sociedade baseada na tecnologia da informação.

— A leste, é claro, os azin-mös ainda têm seus campos principais, que cresceram em dezoito por cento desde nossa última visita.

Aqueles seres também eram honrados e respeitados em Alfa. Tinham a habilidade única de produzir qualquer tipo de célula, e eram médicos inestimáveis e mestres da neurociência.

— Por fim, a oeste, sob uma atmosfera pressurizada, temos nove milhões de humanos e outras espécies compatíveis.

— Lar, doce lar — disse Laureline com ironia.

Alex ignorou o tom da parceira e continuou seu trabalho de guia turística.

— Há agora dezessete corredores conectando os distritos.

— Que confusão — comentou Laureline, suspirando.

— A economia está em crise há mais ou menos um ano. Querem um resumo rápido? — perguntou Alex.

— Não — respondeu Valerian. — Já tivemos emoção o bastante para um único dia — acrescentou, sarcástico.

Uma voz alegre ressoou.

— *Intruder* XB982. Autorização para aterrissar na seção um. Acesso VIP.

Laureline virou-se para Valerian com uma expressão exageradamente surpresa no rosto.

— Ei, estamos famosos!

— Já estava na hora — respondeu ele.

CAPÍTULO 11

O general Noïtan Okto-Bar os esperava na sala de controle da estação espacial Alfa. O lugar era familiar tanto a Valerian quanto a Laureline. Era o cérebro da operação, e praticamente cada centímetro das paredes estava coberto de telas. Monitores de uma variedade de cores contra um fundo preto mostravam tudo, desde a temperatura de qualquer ponto da estação ao número de habitantes, da composição química dos gases e líquidos nos vários distritos à indicação das portas que estavam trancadas. De lá, sistemas podiam ser monitorados e reprogramados se necessário. Decisões de vida ou morte eram feitas a cada segundo por dúzias de técnicos experientes e bem treinados.

A visão era estonteante até para os dois viajantes do tempo-espaço que acabavam de chegar. No entanto, eles estavam acostumados com a tecnologia. O que incomodou foi o que mais se via nas telas: tropas.

Valerian e Laureline trocaram olhares. Alguma coisa estava errada.

Ele estava começando a se arrepender por não ter lido o briefing daquela missão em particular. Mas ficava cada vez mais claro que, mesmo que tivesse lido, muitas informações estariam faltando.

O general Okto-Bar voltou sua atenção para os dois, os lábios apertados em desaprovação, os olhos azuis sempre frios agora gelados de descontentamento. Era um homem alto e magro, em boa forma, com cabelo loiro avermelhado e temperamento geralmente controlado. Valerian sabia que, embora o general viesse de uma longa linhagem de soldados famosos, não tinha esposa nem filhos.

Okto-Bar havia dito mais de uma vez que seus soldados eram sua família. Todo mundo que servia sob seu comando sabia que podia contar com sua proteção.

A não ser, talvez, quando ele estivesse irritado. Como agora.

— Vocês estão atrasados — disse Okto-Bar sem preâmbulos.

— Desculpe, senhor — pediu Valerian. — A missão foi um pouco mais complicada do que o esperado.

— Sempre espere pelo pior — recomendou o general. — Assim nunca vai se decepcionar.

— Vou manter isso em mente, senhor.

— Conferiram o conversor? — perguntou o general.

Laureline sorriu.

— Está em ótima forma!

— Senhor — disse Valerian —, não temos todas as informações relativas à missão. Posso perguntar o que está acontecendo?

Em resposta, o general virou-se para a tela principal.

— Mostrar arquivos sigilosos — instruiu ele.

Um esquema da estação apareceu na tela. Aquilo também era familiar aos agentes, mas havia algo diferente: um ponto vermelho situado bem no meio das linhas azuis.

— O que estamos vendo? — perguntou Valerian, que, certo de já saber a resposta, sentia um frio na barriga.

— É uma imagem de um ano atrás. O vermelho demarca a área radioativa — revelou Okto-Bar, sombrio.

Merda.

— Descobrimos que está crescendo bem no meio da estação. Nenhum tipo de sinal conseguia passar. Mandamos inúmeras sondas, mas nenhuma retornou. Então, no ano passado, enviamos uma unidade de elite. Sua missão era chegar tão perto da área quanto possível e determinar a natureza da ameaça.

O general hesitou.

— E? — instigou Valerian.

— Não houve sobreviventes — concluiu Okto-Bar, sem rodeios.

Valerian e Laureline se mantiveram em um silêncio sombrio. *Uma unidade de elite inteira...*

— Alguma ideia de quem atacou a equipe? — perguntou ela.

— Nenhuma. — O general não conseguia disfarçar a raiva na voz, e Valerian não podia culpá-lo. — Como eu disse, essa era a situação há um ano. — Ele fez uma pausa, aparentemente para se recompor. — Esta é a situação atual.

Okto-Bar fez um sinal para a técnica, que apertou outro botão. Uma segunda imagem apareceu ao lado da primeira.

A área radioativa estava dez vezes maior.

O corpo de Laureline estremeceu de maneira quase imperceptível. Ao seu lado, Valerian se sentiu um pouco enjoado.

Okto-Bar continuou, implacável:

— O ar na região afetada já está contaminado. Essa... coisa... continua crescendo. Como um tumor.

Ele praticamente cuspiu a última palavra.

Outra voz se juntou à conversa; masculina, forte e segura.

— Um tumor que temos que remover o mais rápido possível. Se não fizermos isso e o câncer continuar se espalhando, Alfa será destruída em menos de uma semana.

O dono da voz entrou na sala de controle. Era uma figura impressionante em seu uniforme azul-petróleo, com a postura ereta e a expressão preocupada, mas confiante. Não havia uma dobra no uniforme, um fio de cabelo fora do lugar, e ele irradiava energia. Valerian nunca o tinha visto pessoalmente, mas o reconheceu de imediato: era o comandante Arun Filitt.

Era famosíssimo, é claro. Filitt tinha subido rapidamente na hierarquia e se tornado um verdadeiro herói de guerra, promovido a general com apenas trinta anos. Desde então, foi removido da atividade militar direta para prestar serviços à humanidade em outras áreas. Atualmente era comandante da estação Alfa. Diziam que ele não era muito fã de alienígenas, o que, na opinião de Valerian, o tornava uma escolha curiosa para dirigir uma estação espacial na qual extraterrestres eram maioria, em uma razão de mil para um. Só que não cabia a ele questionar seus superiores.

Valerian sabia que Okto-Bar tinha sido uma das opções para ocupar o cargo e com certeza não tinha ficado contente ao ver Filitt sendo escolhido. Os dois homens, no entanto, se portavam com muito profissionalismo.

Filitt estava acompanhado por dois androides de combate K-TRON que policiavam a estação. Seus corpos de quase três metros eram mais ou menos humanoides, mas quem os projetou não procurou lhes dar outros caracteres humanos. Sua cabeça não tinha feições, a não ser por uma luz que podia piscar em duas cores diferentes e que todos os habitantes da estação conheciam: azul para "saia do caminho" e vermelho para "eliminar o alvo". Sua armadura quase impenetrável era preta e reluzente, com faixas amarelas nas áreas que correspondiam a braços e coxas. Apesar de seu tamanho avantajado, moviam-se com desembaraço, graça, rapidez e eficiência.

Valerian e Laureline procederam aos devidos cumprimentos.

— Comandante — disse Valerian.

Filitt assentiu em reconhecimento. O major voltou sua atenção para a tela, procurando sem sucesso mais informações relativas à ameaçadora mancha vermelha.

— Senhor... isso não faz sentido. Por que alguém destruiria Alfa? Praticamente todas as espécies têm um representante aqui.

Filitt dirigiu o olhar para a tela e comprimiu os lábios.

— Essa radiação é uma arma de destruição em massa. Por trás de uma arma, há sempre um assassino. Não importa quem seja, major, é uma ameaça a todos nós e deve ser eliminada.

Valerian absorveu as notícias. Podia ver pela expressão de Laureline que tampouco ela estava gostando daquilo. Ele tinha que dizer alguma coisa.

— É claro que a radiação precisa ser parada, mas precisamos determinar...

Ele foi interrompido pela aparição do ministro da Defesa da Federação em uma das telas.

— Ministro — disse o comandante, em cumprimento. — Imagino que tenha notícias para nós.

— Sim, comandante. — O ministro devia estar perto dos setenta anos, mas seu cabelo preto não tinha nenhum traço grisalho e as rugas de expressão em sua pele escura eram mais que justificadas. As rugas se acentuaram quando ele franziu a testa, preocupado. — O Conselho lhe deu carta branca. Mas recomendamos fortemente que a lei internacional e os direitos civis de todos os envolvidos sejam respeitados.

— É claro, senhor, e muito obrigado. Vou cuidar disso pessoalmente — garantiu o comandante.

— Os agentes Valerian e Laureline serão responsáveis pela sua integridade física.

Aquela informação pareceu surpreender Filitt, mas ele se recuperou depressa.

— Isso não será necessário — afirmou o comandante, indicando o par de robôs silenciosos ao seu lado. — Como pode ver, tenho uma unidade de K-TRONs. Além disso, também fui treinado para...

Franzindo mais a testa, o ministro da Defesa o interrompeu:

— É uma ordem do governo, comandante. Os dois agentes precisam nos informar sobre o resultado das operações.

Um músculo se contraiu perto do olho do comandante, mas tudo o que ele respondeu foi:

— Como preferir.

— Major, sargento — cumprimentou o ministro, olhando para cada um deles —, boa sorte!

O homem desapareceu da tela. Tentando disfarçar a irritação, Filitt encarou seus dois novos guardiães.

— Como vamos ter que nos juntar à sua equipe, o senhor pode nos informar sobre o estado atual da operação? — perguntou Valerian com toda a educação.

O comandante lhe lançou um olhar penetrante.

— Vou falar com o Conselho de Segurança em alguns minutos — disse ele em tom áspero. — Então vocês vão ter todos os detalhes necessários.

Sem disfarçar o desagrado, o comandante se virou e deixou a sala, seguido por seus K-TRONs.

Laureline ficou olhando enquanto se afastavam.

— Cara... — disse ela, pausadamente. — Isso vai ser *tão* divertido!

* * *

O comandante Filitt entrou de supetão na estação, mas não estava se dirigindo à reunião com o Conselho de Segurança. Ao menos não ainda. Precisava saber de algo primeiro.

Era uma área de acesso restrito, mas ele tinha autorização. Pegou o elevador que era um pouco apertado para ele e dois K-TRONs, mas ao menos não era obrigado a puxar conversa. Em muitos aspectos, robôs eram superiores a seres vivos, inclusive humanos, ele pensou.

O comandante saiu do elevador e seguiu por um corredor escuro iluminado apenas por faixas azuis no chão. Havia uma porta no fim, onde Filitt inseriu um código. Os dois K-TRONs ficaram esperando seu comandante do lado de fora.

Havia um capitão K-TRON do lado de dentro, imóvel, com a arma em mãos. A sala, como o corredor lá fora, tinha iluminação fraca, e a figura nos fundos estava mergulhada nas sombras. Os sinais vitais eram monitorados numa tela. O ser estava jogado de qualquer jeito numa cadeira, e só as amarras que circundavam seu corpo magro o impediam de cair. A luz fraca revelava instrumentos médicos e vários tubos saindo dos braços dele.

Um dos homens de Filitt se aproximou e gritou com ele, exigindo informações, mas a criatura manteve um silêncio enervante.

Outro subordinado observava os controles. Quando a porta se abriu, ele se afastou da estação e foi até o comandante. Filitt observou, impassível, enquanto o interrogatório prosseguia.

— Nada ainda?

— Já tentamos de tudo — respondeu o subordinado —, mas não conseguimos arrancar nada relevante.

O comandante fez uma careta. Aquilo não era bom. Ele tinha aprendido que a tortura era uma verdadeira arte. Era muito difícil saber que tipo de tortura funcionaria com os alienígenas. Era preciso tomar cuidado para não exagerar, do contrário as confissões poderiam ser falsas ou, pior, o sujeito morreria sem revelar nada útil. Por outro lado...

— Aumente a dosagem — ordenou ele.

O homem assentiu e retornou à estação, onde apertou alguns botões. Vários líquidos escoaram pelos tubos e entraram no corpo da criatura. Ela arqueou as costas, e seu capuz caiu, revelando um rosto contorcido em agonia. Sua pele era quase luminosa, como o brilho de uma pérola, mas estava maculada pelas cicatrizes da tortura.

Embora sua boca estivesse aberta e contorcida pela dor, a criatura continuava em seu silêncio teimoso.

Maldito, pensou Filitt. *O tempo está acabando.*

Ele tomou uma decisão.

— Se não disser nada em uma hora, pode matá-lo.

— Sim, senhor.

O comandante virou-se para sair, parando apenas para sussurrar para o capitão K-TRON:

— Se a operação der errado, você sabe o que deve fazer.

O robô assentiu com sua cabeça inumana. Antes de sair, posicionando seu corpo de maneira que ninguém mais na sala pudesse ver, Filitt passou discretamente para o capitão K-TRON um pequeno dispositivo de armazenamento de dados.

Agora à reunião, pensou, e endireitou os ombros como se estivesse se preparando para uma batalha.

Porque, de certo modo, estava mesmo.

CAPÍTULO 12

O conversor esperava por eles pacientemente no regenerador, mas, assim que viu Laureline, a criaturinha começou a pular, toda animada. Apesar da gravidade de tudo aquilo que tinham descoberto — e do que estavam prestes a fazer —, ela se pegou sorrindo enquanto desligava o aparelho e abria a porta.

— Ah, você estava com saudade? Vem cá. — A criatura correu para os seus braços, e ela a embalou carinhosamente, percebendo que estava se apegando. — Não é uma gracinha? — perguntou, mostrando-a para Valerian.

Ele fez carinho na cabeça da criatura sem prestar muita atenção, com uma expressão dura no rosto.

— Estão escondendo alguma coisa da gente — disse ele, bruscamente. O entusiasmo de Laureline desapareceu, e nem mesmo o focinho do conversor no seu queixo foi capaz de animá-la.

— Concordo. Agir sem a menor ideia de quem é o inimigo seria suicídio.

— Também acho, mas estou falando do planeta Mül — disse Valerian. — Lembra o sonho que eu contei? Das imagens que vi?

Ela assentiu, acariciando o conversor que ronronava e se perguntando aonde Valerian pretendia chegar com aquilo.

— O planeta era habitado — prosseguiu ele. — Vi as casas e os filhos das criaturas que viviam ali. Uma jovem pediu a minha ajuda.

Laureline parou de afagar o bichinho, ficando tensa de repente.

— Ah, é? — zombou ela. — E você chama isso de pesadelo? Conhecendo você, parece mais que seus sonhos se tornaram realidade.

— Ela arregalou os olhos e afinou a voz para dizer de maneira afetada: — Ah, major Valerian! Me ajude! Me salve!

Ela se sobressaltou quando Valerian falou com uma brusquidão que não lhe era característica.

— Pare com isso, Laureline. Essa moça tinha um conversor.

Ela ficou séria. Acariciando o queixo da criatura, Laureline perguntou:

— Como este?

— Igualzinho. E hoje eu vi dois habitantes desse planeta em carne e osso.

Ela o encarou.

— Você quer dizer… no Mercado Principal?

Valerian assentiu.

— Fomos enviados para recuperar o conversor que Igon Siruss tinha roubado, mas eles também o queriam. Na verdade, suspeito que tenham sido eles que encomendaram o roubo.

Laureline olhou para a pequena criatura aninhada em seus braços.

— Uau — disse ela. — Parece que todo mundo está atrás de você!

O conversor chilreou.

— Pode ser. Mas o que quero saber é: por que precisamos dele para esta missão?

Laureline sorriu.

— Vamos ter que descobrir — disse ela. — Venha. Precisamos nos preparar para a reunião.

Eles se aproximaram do alojamento do comandante Filitt e encontraram dois K-TRONs ladeando a porta.

— Agentes Valerian e Laureline. Estamos aqui para proteger o comandante — informou Valerian, se perguntando se aquilo seria um problema. Ficou surpreso quando os guardas permitiram sua entrada imediatamente.

Filitt estava terminando de ajeitar toda a parafernália oficial em sua roupa quando olhou para os uniformes de batalha dos dois agentes.

— Uau! — exclamou o comandante, irônico. — Vocês dois estão impressionantes. Vejo que levam minha proteção muito a sério.

Laureline ergueu a caixa contendo o conversor. Seu rostinho estava pressionado contra uma das barras da frente. Ele enfiou o focinho fino para fora e o franziu ao fungar.

— A proteção *dele*, na verdade — corrigiu ela. — É único e preciosíssimo.

— De fato — disse Valerian. — Tendo isso em conta, tem certeza de que devemos levar o conversor conosco em uma missão tão perigosa?

Filitt ajeitou o casaco enquanto respondia, olhando-se criticamente no espelho:

— O conversor é capaz de produzir qualquer coisa em tempo recorde. Vai ser muito útil numa negociação.

Satisfeito com a jaqueta, ele pegou o tradicional cinto que complementava o uniforme. No centro havia uma fivela oca. Era um costume militar ter aquele recipiente disponível no meio do corpo. Com o passar dos anos, no entanto, se tornou mais tradicional que utilitário, e seu conteúdo refletia a posição do oficial na hierarquia. O compartimento do comandante estava vazio no momento, mas Valerian tinha uma suspeita do que ele queria colocar ali.

Ainda vestindo o cinto, Filitt se virou para encará-los.

— Com o exército de K-TRONs que você tem — disse Valerian —, fico surpreso em descobrir que pretende negociar, comandante. Eles não foram feitos para isso, considerando que não falam.

Aquilo pareceu irritar Filitt.

— Cuide da minha segurança que eu cuido das negociações, major — disse ele secamente.

O comandante foi até Laureline e pegou a caixa que ela carregava. Então abriu a portinhola e enfiou a mão lá dentro para pegar a criatura.

O conversor o mordeu na mesma hora. Valerian concluiu que a criatura era uma excelente julgadora de caráter, mas deu um jeito de guardar aquilo para si.

Enquanto Filitt recolhia a mão e examinava o dedo ferido, ele disse:

— Para sua segurança, senhor, que tal deixar que a agente Laureline cuide da criatura?

O comandante semicerrou os olhos.

— E usar o cinto vazio? É contra o protocolo, major. Sou o oficial de mais alta patente nesta estação.

— E este animal, até onde sabemos, é o último de sua espécie. O universo inteiro está atrás dele. Com o conversor no bolso, o senhor poderia se tornar um alvo — apontou Valerian.

Laureline acrescentou, ironicamente:

— Por isso o major Valerian prefere que *eu* o carregue.

O comandante hesitou. Olhou de novo para o conversor, que demonstrava seu discernimento admirável rosnando e mostrando os dentinhos.

— Muito bem — disse Filitt, por fim —, mas não saia da minha vista, agente Laureline.

Ela acenou para a criatura na caixa, que pulou nos seus braços, ronronando, o que só deixou Filitt mais irritado. Laureline abriu a fivela do próprio cinto e deixou que o conversor entrasse ali.

A porta se abriu, revelando o general Okto-Bar, que também estava em trajes formais.

— Seus convidados estão esperando, senhor — disse, dirigindo-se a Filitt.

— Muito bem — retrucou o comandante, dando uma última olhada no cinto de Laureline. — Sejamos rápidos.

— Fique aqui — ordenou Valerian a Laureline.

— Sim, senhor.

Os dois estavam pouco mais de cinco metros atrás do comandante Filitt enquanto ele entrava na sala de reunião. Assim que Valerian deu o comando, Laureline parou no corredor enquanto o major seguia rumo ao salão cerimonial. A multidão de dignitários extraterrestres que formava o Conselho de Segurança da estação deu um passo à frente para apertar a mão do comandante recém-chegado. Filitt era a própria imagem da calma e do decoro militar enquanto olhava nos olhos — ou em seu equivalente — de cada um e apertava firmemente qualquer apêndice que estendessem.

O comandante abriu caminho rumo ao palanque, seguido por Valerian e Okto-Bar. Solenemente, sem um fio de cabelo fora do lugar, Filitt subiu os degraus com agilidade e se posicionou, observando o mar de rostos alienígenas à sua frente por um momento. Okto-Bar parou ao lado dele, e Valerian se postou ligeiramente atrás do homem que estava protegendo. Ele observou a multidão, alerta a qualquer ameaça em potencial. Tinha duas telas transparentes no seu visor que lhe forneciam informações em tempo real. Podia não ser muito fã do comandante, mas não ia deixar que ele morresse, pois era seu trabalho protegê-lo.

— Onde está a agente Laureline? — perguntou Filitt em voz baixa.

— No corredor, senhor.

— Eu ordenei que ela não saísse da minha vista — disse o comandante. Sua voz ainda soava calma, embora as palavras fossem ferinas.

— Eu sei, senhor, mas somos responsáveis pela sua segurança, e a coloquei onde achei que seria melhor.

— Mas...

— Senhor, quanto mais rápido falar, mais rápido isso estará terminado. — Valerian o lembrou.

O olhar do comandante poderia derreter aço, mas ele só cerrou a mandíbula e virou-se para o público.

— Boa noite — começou Filitt. — Agradeço por terem vindo tão rapidamente. Como o representante eleito da Federação Humana, convoquei esta reunião do Conselho de Segurança da estação espacial Alfa para informar a todos sobre o estado de emergência em que nos encontramos.

O comandante fez uma breve pausa antes de continuar:

— Como todos aqui sabem, o coração da estação foi contaminado por uma energia cuja origem permanece misteriosa. O que não é nenhum mistério é que isso é um ato cruel e deliberado. Já conduzimos uma série de operações militares em nossa tentativa de estabelecer e compreender a natureza e o grau da ameaça. Mas todas fracassaram, resultando em baixas significativas das nossas tropas.

Filitt deixou que os outros absorvessem aquilo. O barulho de inúmeras línguas diferentes foi ouvido no enorme salão.

— A área afetada tinha cerca de dez metros há oito meses. — Ele fez uma pausa dramática antes de completar: — Agora tem quase dois quilômetros.

Mais murmúrios de preocupação.

— Diante da ameaça alarmante e crescente, a Federação Humana pede permissão e apoio da comunidade para lançar um grande e decisivo ataque militar para erradicar o fenômeno de uma vez por todas. Tenho certeza de que entenderão que precisamos ser rápidos, e estou aqui para esclarecer eventuais dúvidas que possam ter quanto aos detalhes da operação.

— Que tropas vão conduzir a operação? — perguntou um chrysokar.

Os seres altos parecidos com insetos já haviam sido mestres da guerra. Ao longo dos séculos, tinham voltado suas habilidades e sua natureza à manutenção da paz, mas muitos deles, como indicava seu embaixador, ainda tinham interesses bélicos. Valerian tinha um respeito especial pela espécie. Seu primeiro posto na Academia tinha sido na infantaria, onde passara um ano trabalhando para um engenheiro militar chrysokar chamado Prek'Tor, que compartilhava com o jovem ávido de saber seu conhecimento formidável de estratégia militar.

— O décimo terceiro batalhão, divisão especial de assalto — respondeu Filitt. — Uma unidade com cerca de duzentos integrantes.

— Serão usadas armas que poderão ameaçar a integridade física das nossas tropas? — perguntou um azin-mö.

Estando entre os principais médicos da estação, sua maior preocupação era com a segurança das tropas.

— Armas químicas e líquidas não serão usadas na missão — garantiu Filitt.

— Qual é o principal objetivo?

A pergunta veio do representante dos mais antigos aliados da humanidade, os kortân-dahuks, primeiros alienígenas a estabelecerem contato.

— Pretendemos destruir o sistema de defesa do inimigo, que está bloqueando todos os nossos meios de comunicação.

— Por que *você* está organizando a missão? — perguntou o embaixador toinul.

O povo toinul era respeitado na estação porque seus cientistas contribuíam em peso com conhecimento e informações, além de promoverem descobertas e invenções. Estavam sempre prontos para uma discussão intelectual, e era evidente que seu embaixador acreditava que o caso exigia aquilo.

— O Comitê Central me confiou essa missão, e será uma honra completá-la com sucesso.

Valerian varria a multidão com os olhos quando ouviu a voz de Laureline em seu ouvido.

— Era tudo de que precisávamos agora...

— O quê? — perguntou ele.

— Doghan-daguis.

— Maravilha — respondeu ele, revirando os olhos.

CAPÍTULO 13

Três alienígenas atarracados, de aproximadamente um metro e vinte, estavam diante de Laureline. Mantinham as mãos pequenas, gorduchas e de quatro dedos levantadas em rendição e seus olhinhos redondos arregalados enquanto apontavam seus focinhos compridos e grossos para ela. Tinham a pele escura, eram enrugados e curvados, com pelos aqui e ali.

Laureline tinha levantado a arma, assustada com a aproximação pelas costas, mas então a abaixou, e eles puderam fazer o mesmo com seus braços.

— É bom revê-la — disse um deles, que tinha uma mancha azul em volta dos olhos.

— Agente Laureline — cumprimentou o segundo, que exibia as mesmas marcas, só que cor de vinho.

O terceiro doghan-daguis, cujas marcas eram amarelas, também falou:

— Magnífica como sempre.

— O que vocês estão fazendo aqui? — perguntou Laureline.

— O dever nos chama...

— Falamos mais de cinco mil línguas...

— ... o que pode ser bastante útil...

— ... numa reunião assim — completou o primeiro.

— Precisa dos nossos serviços? — perguntou o segundo.

Laureline tocou a arma que tinha acabado de guardar.

— Não, obrigada. Tenho meu próprio tradutor bem aqui — disse ela, ácida. — Agora, caiam fora.

Ela ouviu a voz de Valerian pelo rádio.

— Pergunte se eles têm alguma informação sobre Mül.

Ele está realmente obcecado por esse sonho, pensou Laureline, *mas acho que não posso culpá-lo*. Ela fez uma careta, mas obedeceu com um suspiro.

— Parece que o major Valerian precisa, sim, da sua ajuda. Já ouviram falar no planeta Mül?

— Um assunto extremamente delicado! — exclamou Azul.

— A melhor pessoa com quem conversar a respeito… — continuou Vinho.

— … é o major Samk — completou o doghan-daguis com marcas amarelas.

— Alex? — chamou Valerian. — O que sabe sobre o major Samk?

As informações e a foto de um tipo militar boa-pinta com a pele escura e uma barba bem aparada surgiu na tela de Laureline. *Major Aton Samk. Trinta e três anos. Morto.*

— Ele morreu há um ano — disse Laureline de forma acusatória para o trio.

Os doghan-daguis não se abalaram. O primeiro deles pegou um aparelho pequeno e mostrou a imagem de Samk morto, caído sobre a própria mesa. Os olhos de Laureline se arregalaram.

— Sim — começou Azul. — Uma morte curiosa…

— … que nunca foi muito bem explicada — acrescentou Vinho.

— As más línguas dizem que foi assassinato — comentou Amarelo em um tom dramático.

Laureline teve vontade de socar seu nariz comprido, mas conseguiu se controlar.

— Estou ouvindo — disse ela.

— O major Samk era especialista no planeta Mül — continuou Azul.

— Levou todas as informações…

— … para o túmulo — completou Amarelo.

— Um desperdício — disse o primeiro doghan-daguis, soltando um suspiro.

— Se tiverem qualquer informação sobre o planeta, estamos interessados — disse Laureline.

— Seria um prazer trabalhar para vocês — entusiasmou-se Azul.

— Antes de irmos — começou o segundo.

— Permita que forneçamos...

— ... algumas informações...

— ... de graça — concluiu Vinho.

Laureline encarou os três alienígenas, cética.

— De graça? — repetiu ela. — Vocês estão bem?

— O conversor é precioso...

— ... e muito procurado — acrescentou Vinho com sabedoria.

— Mercenários virão... — disse Amarelo.

— ... atrás dele... — continuou Azul.

— ... antes do que você imagina — encerrou Vinho solenemente.

— Que tipo de mercenários? — Laureline e Valerian perguntaram ao mesmo tempo.

Os três a encararam com uma expressão presunçosa. Azul chegou a apontar o dedo para ela.

— A primeira dica era de graça.

— Vai ter que pagar por mais — disse Vinho.

— Mas podemos dar um desconto, é claro — acrescentou Amarelo.

Valerian falou no rádio:

— Alex? O que foi?

Laureline também podia ver uma luz vermelha piscando na tela.

— Indivíduos se aproximando — informou Alex. — E eles não estão na lista de convidados.

— Que tipo de indivíduos? — Valerian quis saber.

— Ainda não consegui detectar — respondeu Alex.

Laureline olhou para os doghan-daguis com ironia.

— Acho que vocês acabaram de perder seu poder de barganha. Fora daqui!

Os três se dirigiram à saída, parecendo decepcionados. Valerian notou com certa ansiedade que a luz vermelha começou a piscar cada vez mais rápido.

— Isso não está me cheirando bem... — disse Laureline.

— Não mesmo. É melhor entrar aqui e vir para o lado do comandante. Alex? De onde eles estão vindo?

— De toda parte — respondeu o computador. — Estão atravessando as paredes.

Laureline se apressou, abrindo caminho pela sala lotada e se dirigindo ao palanque. Ela olhou para Valerian, que pareceu tomar uma decisão.

— Tire o comandante daqui! Vou atrás dos intrusos!

Laureline afastou os últimos membros do público bloqueando a passagem, pulou no palanque e correu na direção de Filitt. Agarrou seu braço e começou a arrastá-lo dali.

— Agente, o que... — Ele começou a protestar, mas ela o interrompeu:

— Desculpe! Protocolo de emergência!

O general Okto-Bar, que estava logo ao lado, assumiu imediatamente sua posição para cobrir a saída do comandante. A arma estava empunhada, e seu rosto, resoluto. A multidão começou a entrar em pânico.

Espero que seja apenas um alarme falso, pensou Laureline, mas não acreditava que teriam tanta sorte.

Os olhos de Valerian se alternavam entre a tela e a multidão. A luz vermelha de alerta piscava cada vez mais rápido, e a adrenalina subia na mesma medida.

— Alex? Droga, preciso saber quem está nos atacando!

— Desculpe, major, mas não consigo ler o DNA — respondeu ela.

— O quê?

Aquilo era impossível. A *Intruder* XB982 tinha o DNA de todas as formas de vida sencientes em sua programação. Alex não tinha como...

A parede oposta do salão explodiu.

Gritos de terror ecoaram pela sala, e muitos dos convidados foram ao chão. Valerian ficou olhando, embasbacado.

Uma dúzia de figuras delgadas usando mantos cinza surgiu pela abertura na parede. Por baixo do capuz, viam-se olhos azuis e rostos pálidos — cor de *pérola*, Valerian notou — com expressões determinadas. Levantaram coisas que pareciam ser copos refinados ou vasos de cerâmica, mas com a abertura para a frente. Na parte bulbosa inferior, uma luz azul brilhava palidamente.

Mas é claro que não eram vasos. Eram armas, e os alienígenas começaram a atirar para todos os lados na multidão.

Valerian se preparou para uma carnificina, mas o que emergiu do cano das armas não foram balas, mas sim uma substância gelatinosa. Ela se espalhou pelo corpo dos alvos, formando uma espécie de rede ou casulo, mantendo-os imóveis.

Ele se lembrou de quando pedira a Alex para analisar a pérola. O computador tinha garantido que Mül não tinha habitantes. Mas Valerian havia sonhado com eles, depois os viu em Kirian, e lá estavam de novo.

Alex não conseguira analisar o DNA dos pérolas *porque os pérolas não existiam.*

Quando despertou do torpor, os subordinados do comandante já estavam atirando nas figuras esguias e pálidas. Os pérolas pareciam intocáveis. Pulavam e se esquivavam com movimentos ágeis e fluidos tão lindos quanto eles próprios. Antes que Valerian pudesse reagir, Okto-Bar, Laureline e o próprio Filitt, além da maior parte de seus homens, já estavam presos nos estranhos e gelatinosos casulos.

Valerian se protegeu atrás de um enorme pilar de mármore.

— Alex — sussurrou ele —, me dê uma das boas.

Valerian olhou para a própria arma e para as luzes piscando.

— Arma de última geração — respondeu Alex. — Estou analisando. Balas de plasma. Preciso de mais trinta segundos.

— Ótimo!

Valerian tirou um tubo do bolso, ativou-o com uma batidinha rápida e colocou na boca, segurando-o entre os dentes. Os pérolas tinham chegado ao palanque. Eles identificaram o casulo que continha o comandante e o estavam arrastando quando Valerian saiu de trás do pilar e abriu fogo.

Não conseguiu ver o pérola que se aproximou por trás, mas viu o gel azul da arma atingir seu rosto e seu corpo e sentiu a gosma quente envolvê-lo como tinha feito com os outros. Valerian lutou por cerca de um centésimo de segundo depois se viu completamente coberto e tombou no chão. Felizmente, a gosma também amortecia quedas.

— Trinta segundos — entoou Alex. — Balas de plasma operacionais.

Ótimo, pensou Valerian. *Só que agora não consigo nem mexer o dedinho do pé.*

O tempo passava, mas ele não ia entrar em pânico. Ainda bem que o tubo que ele tinha enfiado na boca começou a emitir uma luz vermelha e se dividiu em dois.

Uma pequena aranha metálica emergiu. Em meio ao gel azul, Valerian seguiu o pequeno rastro de luz vermelha piscante quando o robô tirou uma lâmina das costas e a enfiou no casulo. Ele correu ao longo do corpo de Valerian, cortando a gosma de cima a baixo.

Livre da segunda pele grudenta, Valerian respirou o ar puro. Aos tropeços, ele correu até Laureline, pegou uma pequena faca de seu próprio kit e abriu o casulo. Seus olhos se abriram, e ela respirou fundo.

— O que foi isso? — perguntou Laureline.

— Os pérolas de Mül — respondeu Valerian. — Eles raptaram o comandante! Liberte o general e vá para a sala de controle. De lá, você pode rastrear tanto eles quanto a mim.

Ela assentiu. Havia gosma em no rosto e no cabelo dela. Mesmo assim Valerian ansiava por beijá-la. Mas não fez isso.

Em vez disso, foi atrás dos pérolas. Uma vez que Alex não conseguia rastrear o DNA daquela espécie, Valerian temia ter dificuldade em encontrá-los. Uma preocupação vã, no entanto.

Bastava seguir os enormes buracos que eles tinham aberto nas paredes.

CAPÍTULO 14

Para a surpresa de todos, não houve baixas entre os extraterrestres reunidos no salão. Parecia que os soldados do comandante eram bons o bastante para evitar danos colaterais, e as armas dos pérolas apenas imobilizavam o alvo. O conversor estava são e salvo, e uma rápida verificação revelara que ele continuava dormindo em meio à confusão. Em pouco tempo, Laureline e o general Okto-Bar estavam na sala de controle. Ambos colocaram as mãos na tela de identificação.

— Status do major Valerian, nível cinco, emergência — solicitou Laureline, mantendo a voz calma e tranquila.

— Aceito — disse Okto-Bar.

Laureline abriu um mapa da estação espacial na tela e inseriu o código. Uma luz vermelha surgiu sobre ele. Parecia que Valerian tinha se aprofundado no coração tecnológico do lugar. Estava no meio de uma grande interseção.

— Valerian? Estamos vendo você na tela — disse ela.

— Perdi o rastro deles. Tente localizar o comandante!

Laureline digitou no teclado, mas, em vez de Filitt, o rosto que apareceu na tela foi o do ministro da Defesa.

— Aqui é a agente Laureline — disse ela. — Preciso acessar o código genético do comandante Arun Filitt.

O ministro balançou a cabeça.

— Esses códigos são estritamente confidenciais, agente Laureline. Você sabe muito bem que eu...

Ela não tinha tempo para aquela baboseira. Colocou a mão em um escâner que ficou imediatamente vermelho.

— O comandante foi sequestrado. Se não o localizarmos imediatamente, vamos perdê-lo.

O escâner ficou verde.

Okto-Bar leu o resultado em voz alta.

— Resultado do detector de mentiras: negativo, senhor. Também posso confirmar que o comandante foi raptado.

O oficial hesitou, mas assentiu.

— Muito bem. Acesso permitido.

Laureline inseriu o código assim que o ministro da Defesa o enviou, e outro ponto vermelho apareceu no mapa virtual. Ela suspirou de alívio.

— Obrigada, senhor. Muito bem, Valerian, estou de olho nele. Está perto das docas de ancoragem. Os intrusos devem estar voltando para a nave deles.

— Certo! Qual é o caminho mais rápido para lá? — perguntou ele.

— Siga para o nordeste. Cento e treze graus.

Valerian deu meia-volta, seguindo a bússola digital que tinha no pulso. Ele ergueu a cabeça e piscou.

— Laureline, isso vai me levar direto para o muro.

— Você pediu o caminho mais curto!

Valerian suspirou. Ele tinha *mesmo* pedido o caminho mais curto. Então apertou um botão na manga, e, com uma série de estalos, seu uniforme de combate se transformou em uma carapaça sólida. Valerian reservou um momento para se preparar para a experiência, então começou a correr.

Ele já tinha feito aquilo várias vezes, então sabia que não seria afetado fisicamente. Mesmo assim, sentia o estômago gelar toda vez que corria na direção de uma parede.

Mas aquela reação humana absolutamente normal não o retardou nem um segundo. Valerian acelerou e foi de encontro ao muro de metal escuro. A perseguição tinha começado. Ele estava no lado oeste da estação, a área humanoide. Continuou seu caminho em linha reta, atravessando corredores, residências particulares, áreas de recreação e de compras.

Estava tão concentrado no que tinha à frente que, em determinado momento, quase não viu o que estava sob seus pés — ou melhor, o que *não* estava sob seus pés; ele atravessou uma parede e o chão desapareceu. Inúmeras espaçonaves pequenas continuaram em seu movimento enquanto Valerian caía, os edifícios deslizando à sua volta como monólitos pretos, salpicados de luzes aqui e ali. Raios de luz magenta e azul marcavam os tubos que conectavam os prédios. Seu uniforme estava programado para operar com gravidade normal. Valerian caía na direção de um desses tubos agora, e ele começou a procurar freneticamente o botão que faria seu uniforme voltar ao normal, sem esmagar toda a matéria sólida que encontrasse.

Valerian tinha que escolher o momento exato...

Ele atravessou a parte superior do tubo e, bem a tempo, seu uniforme se transformou, fazendo-o aterrissar em segurança no piso do corredor em vez de continuar caindo.

Havia inúmeros outros humanos no corredor, compreensivelmente assustados com sua súbita aparição. Eles se encolheram para desviar dos detritos, mas ninguém pareceu machucado. Ficariam bem; a abertura que a armadura de Valerian havia feito já estava protegida por um campo de força.

— Alex — gritou ele —, configuração de superfície!

— Imediatamente — respondeu Alex. — Reconfigurado...

Valerian voltou a correr.

— Este pode ser o caminho mais curto, mas certamente não é o mais fácil — disse ele a Laureline, ofegante. O uniforme o protegia e o deixava mais forte, mas para correr ele precisava usar a própria força.

— Mais rápido — incentivou Laureline. — Eles estão quase escapando.

— Estou fazendo meu melhor!

— Faça o seu melhor mais rápido!

Valerian se segurou para não retrucar. Ele precisava de todo o seu fôlego para continuar correndo. Acelerou pela passagem fechada e translúcida que o levava na direção para a qual tinha que ir. Ela passou por um prédio residencial, e seguiu em frente quando o corredor fez uma curva à esquerda. Estava vagamente ciente de que uma parede de uma casa de família arysum-kormn era de um material translúcido quando a atravessou, mas não se deu conta de que era uma janela até a estilhaçar e se ver caindo de novo.

Dessa vez, no entanto, estava preparado. Alex tinha reconfigurado sua arma para produzir um disco de plasma brilhante e enganosamente fino, com um diâmetro de pouco mais de um metro. Valerian pisou na estrutura com o pé direito e saltou, lançando novamente o disco para continuar avançando.

Ele saltou do último disco de plasma para o campo dos azin-mös, piscando os olhos. A raça de médicos da estação desenvolvia ali diferentes tipos de orbes, com material genético variado, para emergências, e não havia como Valerian não pisar em muitos deles. Bem, aquilo era problema de Arun Filitt, como comandante da Alfa e alvo do resgate, pensou o major enquanto avançava pelo campo lotado gritando "Desculpa!" e esmagando o que quer que estivesse em seu caminho. Serviu de consolo para ele o fato de os azin-mös terem centenas de outros campos, e de aquele em que estava ter dezenas de milhares de orbes molengos e radiantes.

Os campos centrais demarcavam o limite entre a seção humanoide e a seção gasosa da estação. Valerian seguiu em frente. O caminho "mais curto" o levou a atravessar uma enorme parede, dourada e brilhante, de intricada tecnologia computacional. Naquele momento ela estava sendo atualizada por um grupo de omelites, uma espécie biometálica de cabeça grande e bulbosa, inúmeros apêndices cheios de espinhos e olhos de laser. A destruição que esse movimento em particular causou deixou Valerian mais preocupado do que os danos que provocara no campo. Ele esperava não ter causado qualquer estrago irreparável. Os omelites tinham desenvolvido a capacidade de se comunicar telepaticamente, e as mensagens que recebia em seu cérebro mostravam claramente seu descontentamento. Não achava que eles iam machucá-lo, mas ficou contente em sair do alcance dos seus olhos de laser.

— Rápido. — A voz de Laureline soou em seu ouvido. — Parece que eles estão chegando à nave. Você está quase lá!

— Estou fazendo o que posso! — reclamou Valerian.

Ele saiu do outro lado do imenso computador só para entrar em queda livre outra vez, então começou a atirar mais discos de plasma para ter onde pisar. Avançou, abrindo caminho em meio ao mar de criaturas translúcidas e flutuantes que pareciam águas-vivas.

— Espera — disse Laureline. — Eles embarcaram. A nave não tem nenhuma identificação e o modelo é totalmente desconhecido. Cento e quarenta graus a leste! Siga em frente e procure a porta oitenta e um. Alex vai pegar você!

Valerian não diminuiu o passo ao olhar para o pulso e corrigir sua rota. Cada seção, independentemente dos habitantes ali estabelecidos, tinha uma área de ancoragem que acomodava inúmeras naves. Ele estava se dirigindo a uma delas. Não tinha sido muito usada nos últimos anos. Sem dúvida os pérolas tinham escolhido aquela em particular para não atrair atenção indesejada.

Valerian chegou à área de ancoragem e trocou os macios discos de plasma pelo chão de metal. Correndo, atravessou outra parede e foi parar em um poço de ventilação. Seguiu em frente.

— Alex? — Valerian ouvia a voz de Laureline em seu ouvido. — Estou mandando as coordenadas.

Valerian estava ficando cansado, mas não podia se dar a esse luxo. Não quando estava tão perto.

— *Intruder* em posição. — Ele ouviu a voz de Alex.

— Que ótima notícia! — retrucou Valerian, ofegante.

Estava sendo absolutamente sincero. Ele acelerou até uma porta de ferro que ostentava o número oitenta e um.

— Isso! — disse Laureline. — Pode ir!

Com a cabeça erguida, Valerian atravessou uma parede de aço e se viu no espaço.

Infelizmente, a *Intruder* não estava lá para pegá-lo, e ele começou a cair através das docas vazias.

— Ei, Alex! Cadê você? — gritou Valerian durante a queda.

* * *

Intrigada, Laureline olhou para o mapa. Ela girou o botão. O mapa girou junto. Ela ofegou, horrorizada, quando percebeu que o oitenta e um se transformou em dezoito.

— Alex, você está no portão oitenta e um?

— Afirmativo, sargento.

— Desculpe, eu errei — disse Laureline. — É no dezoito.

— Ótimo! — Ela ouviu a voz de Valerian. — Viu? Confiei em você mais do que em mim mesmo, e olha só no que deu!

Laureline sentiu o rosto esquentar.

— Alex? Vá buscar Valerian no portão dezoito!

Ela esperou, mordendo o lábio. Pareceu ter levado horas, mas foram apenas dez segundos antes que ouvisse um Valerian sem fôlego e irritado falar:

— Obrigado, Alex! Quero ir para a praia!

Laureline se permitiu um sorriso aliviado.

Valerian fez seu uniforme voltar ao normal e foi até a cabine. A energia voltou ao seu corpo na forma de adrenalina quando a nave encheu a tela e ele se deu conta de que agora estava mesmo no lugar certo. A nave estacionada na doca dezoito (não oitenta e um) parecia exatamente o tipo de veículo que os belos e pálidos pérolas construiriam. Era enorme e seus três lados se uniam formando uma espécie de estrela. O motor na base era composto por inúmeras esferas brancas perfeitas, e sua superfície proeminente não tinha uma cor única e estável, e sim uma combinação suave e discreta de tons delicados que pareciam ondular e mudar.

Apesar de bonita, estava se preparando para voar, com o comandante Filitt a bordo.

— Não sei de onde você saiu — sussurrou ele, mirando o alvo —, mas sei para onde vou te mandar.

A XB982 abriu fogo contra a nave alienígena que acelerou para longe, com Valerian em seu encalço. Era rápida e planava com suavidade, e deu início a uma alegre perseguição. As duas naves entravam e saíam da fila de naves-tanque ao longo da estação de ancoragem, e, embora a contragosto, Valerian ficou impressionado com a velocidade com a qual aquele veículo muito maior era capaz de manobrar. Mesmo assim, conseguia se manter colocado à sua traseira.

— Vou atirar no motor — anunciou ele para Laureline e Okto-Bar.

— Os escudos deles são muito sofisticados. Você não vai conseguir — avisou Laureline.

— Então vamos tentar algo melhor.

Quando estava prestes a atirar, o inesperado aconteceu. Dúzias do que pareciam fissuras surgiram nas laterais em forma de concha da nave. Por um segundo, Valerian achou que fosse explodir, mas, em vez disso, as "rachaduras" se aprofundaram, e o agente se deu conta de que a enorme nave estava se dividindo em inúmeras naves menores e idênticas, que se lançaram em todas as direções.

— Merda! Laureline? Ela acaba de se dividir em um monte de naves menores. Em qual delas está o comandante? — gritou Valerian.

— Cento e trinta e cinco graus! Sul! — respondeu Laureline.

— Cento e trinta e cinco graus? — repetiu Valerian, furioso. — Tem certeza de que não é noventa?

— Sim! — retrucou Laureline. — Anda logo!

As naves voavam acima, à frente e atrás da *Intruder*, e Valerian localizou aquela que Laureline havia apontado, corretamente, voando abaixo dele. Valerian mudou de curso para perseguir a pequena nave, que se precipitou no labirinto de entranhas da estação.

Valerian amava pilotar a *Intruder*. Adorava Alex. Mas, depois que quase bateu em outra nave e Laureline gritou "Cuidado!" em seu ouvido, ele tomou uma decisão.

— A *Intruder* é grande demais — disse a ela e a Okto-Bar. — Vou pegar o sky jet.

CAPÍTULO 15

Okto-Bar franziu a testa.

— Que estranho. Parece que eles não estão tentando escapar. Estão voltando para cá...

Os dois pontos vermelhos se aproximavam da área radioativa no coração da estação.

— Você está perto da zona morta — avisou Laureline. — Controle a situação antes que eu perca a comunicação!

Valerian gritou de volta, frenético:

— Estou tentando!

Laureline mantinha os olhos grudados no mapa, observando com atenção crescente os pontos vermelhos que representavam o comandante Filitt e Valerian se aproximarem um do outro e da área tomada pela radiação.

— Valerian? — chamou Laureline. — Vou perder a conexão com você em dez segundos.

— Não estou conseguindo alcançá-los!

— Cinco segundos!

— Ah, merda!

Então, silêncio.

Os pontos vermelhos desapareceram do mapa. Laureline sentiu um aperto no peito.

— Valerian? Está me ouvindo, Valerian?

Nenhuma resposta. Nenhum sinal de vida.

Laureline virou para Okto-Bar.

— Preciso de um sky jet!

— Sargento Laureline, você não pode ir atrás dele. — A voz de Okto-Bar era dura.

— Por que não?

Ele apontou para o mapa.

— Aquela área é perigosa demais e está sob controle do inimigo.

— Um inimigo que nem sabemos quem é! — retrucou ela.

— Um inimigo que acabou de nos *atacar*!

— Imobilizando todo mundo sem causar nenhuma baixa? — gritou ela. — Por que poupariam nossas vidas? Por quê?

Okto-Bar olhou para ela e, por um momento, sua expressão determinada e autoritária desapareceu.

— Eu... não sei.

— Valerian já viu essas criaturas antes. São de Mül.

Okto-Bar franziu a testa.

— Isso é ridículo. Esse planeta explodiu há trinta anos!

Ela estava ficando sem tempo. Valerian já podia ter... Não, ela não ia se permitir pensar naquilo. Deu as costas e se preparou para sair, cansada de tentar convencer Okto-Bar, mas antes disso ele a pegou pelo braço.

— Não posso deixar que vá. O que você está dizendo não faz nenhum sentido!

— Nossa *missão* não faz nenhum sentido, senhor! — gritou Laureline, sem se preocupar com quem pudesse ouvir. — Alguém está mentindo para a gente. Enquanto vocês tentam descobrir quem, vou procurar meu parceiro!

Laureline se soltou e disparou porta afora. O general fez um gesto, e duas sentinelas bloquearam a saída.

Ela se virou para ele.

— General, Valerian é um agente importantíssimo. Você não pode se dar ao luxo de perdê-lo.

— Certamente não posso me dar ao luxo de perder vocês *dois* em um único dia! — Ele suspirou. — Sinto muito, sargento. — Para as sentinelas, disse apenas: — Mantenham a agente confinada até os reforços chegarem. Disparem o alerta de mais alto nível e *encontrem o comandante*!

Uma das sentinelas pegou a arma de Laureline.

— Venha conosco, por favor — disse ele.

Ela sentiu o rosto ficar vermelho de raiva e se segurou para não retrucar. Okto-Bar não ia ouvi-la. Estava convencido de que os pérolas não eram reais, e Laureline não podia fazê-lo mudar de ideia.

Ela andou pelo corredor, acompanhada pelos dois soldados, com passos duros e raivosos. Na junção com outro corredor, identificou três figuras muito familiares — atarracadas, de nariz comprido e com asas. Laureline teve uma ideia e parou.

— Ei, pessoal — disse ela para os soldados. — Acho que vocês deviam me algemar.

Os dois olharam perplexos para a agente.

— Não, é sério. Coloquem as algemas. Primeiro, porque é o procedimento padrão. E, segundo, porque estou muito tentada a fugir!

Os soldados trocaram um olhar, intrigados. Um deles deu de ombros.

— Que seja.

Ele pegou uma algema magnética. Conforme deu um passo à frente para prendê-la aos pulsos finos de Laureline, ela agarrou e puxou o braço de seu companheiro antes que a primeira sentinela pudesse impedir.

Clique.

Os dois homens, um dos quais agora parcialmente algemado, entreolharam-se por um breve instante, chocados.

Foi quanto bastou. Laureline deu um chute com sua longa perna, acertando o joelho de uma das sentinelas com um barulho feio de ossos quebrando. Ele foi ao chão. Ela pegou o braço do outro, torceu e, antes que qualquer um dos dois percebesse o que estava acontecendo, havia uma algema no pulso de um deles e outra na perna provavelmente quebrada do outro. Ele estava branco como um fantasma. Com destreza, ela retirou sua arma da cintura do homem e deu de ombros.

— Bom trabalho, rapazes.

Ela correu de volta para o cruzamento. Os três doghan-daguis já estavam no fim do corredor, mas ela os alcançou. Quando viraram ao som dos passos, ela sacou a arma. Pela segunda vez em menos de uma hora, eles levantaram os braços curtos. Mantendo a arma apontada para o trio, Laureline procurou em volta por um lugar mais reservado onde pudessem conversar. Havia uma porta que parecia dar para um depósito qualquer, e ela apontou para o lugar com a arma.

— Por aqui. Preciso dar uma palavrinha com vocês.

Eles obedeceram. Ela os seguiu e fechou a porta atrás de si.

— Se vocês não me ajudarem a encontrar Valerian vamos todos morrer — disse Laureline com um sorriso fingido.

Ela apontou a arma para a cabeça enrugada de Azul.

— Você é o primeiro.

Surpreendentemente, eles não pareciam nem de perto tão assustados quanto deveriam. Na verdade, Laureline achava que estavam rindo de uma piada interna.

O primeiro disse:

— É para evitar esse tipo de situação...

— ... que toda a informação que temos...

— ... está dividida entre os três — disse Amarelo, presunçoso.

— Mate um de nós... — disse o primeiro.

— ... e estará matando toda a informação — continuou Vinho.

— Seria uma pena! — disse Amarelo.

Ele parecia ser o responsável pelos comentários irônicos.

Laureline suspirou e baixou a arma.

— Está bem, vocês venceram — admitiu ela. — Mas vão ter que fazer fiado. Não tenho dinheiro comigo.

Os três doghan-daguis balançaram a cabeça juntos.

— Que droga — disse Azul.

— Se o comandante estivesse aqui... — disse Vinho.

— ... poderia usar o conversor para nos pagar — lamentou Amarelo.

— Mas ele foi levado...

— ... justamente porque estava com o conversor — concluiu Vinho.

— A não ser que, por razões de segurança... — começou Amarelo.

— ... alguém o estivesse carregando para ele — completou Azul, parecendo muito satisfeito consigo mesmo.

Laureline os encarou, assustada e impressionada ao mesmo tempo.

— Como vocês sabem de tudo isso?

— Não sabemos — disse Vinho.

— Só imaginamos — disse Amarelo.

— Entendemos bem como os humanos funcionam — disse Azul, presunçoso.

— Vocês são todos *tão* previsíveis — disse Vinho, com um misto de arrogância e desdém.

A fúria tomou conta de Laureline. Sem dúvida o general Okto-Bar a estava rastreando. O comandante Filitt ainda estava com os pérolas, e ninguém sabia o que tinha acontecido com Valerian. A última coisa que ela queria naquele momento era ouvir os três informantes atarracados que desprezavam sua espécie. Levantou a arma de novo, curvou-se e gritou no ouvido sensível de Azul:

— Todos menos as mulheres! Principalmente quando estamos de mau humor.

Azul se encolheu e tapou os ouvidos. Suas asas bateram em agitação, atingindo uma pilha de caixas.

— Ai! Tudo bem, tudo bem!

— Calma! — pediu Vinho.

— O que você quer saber? — perguntou Amarelo.

— Quero saber onde está Valerian — disse Laureline.

— É difícil dizer — começou Azul, ainda cobrindo os ouvidos.

— Mas temos um jeito de rastreá-lo...

— ... com toda a precisão — concluiu Amarelo.

— Quanto vai custar? — perguntou Laureline.

— Cem baduls — disse Azul.

— Para cada um — esclareceu Vinho.

— Adiantados — concluiu Amarelo.

Laureline se perguntou se eles tinham ideia de quão perto ela estava de explodir. Por entre os dentes cerrados, disse:

— Não tenho baduls.

O primeiro doghan-daguis falou:

— Você tem um conversor.

Laureline pegou um saquinho em uma bolsa na cintura e o jogou para eles.

— Isso é tudo que eu tenho.

O saquinho continha algumas dúzias de diamantes que o conversor tinha produzido para ela. Os doghan-daguis deram uma olhada, então levantaram a cabeça, um a um. Não pareciam felizes.

— Diamantes são menos valiosos que baduls — disse Azul.

Basta.

— Fim de papo! — Laureline apontou a arma para o ouvido dele, e seus olhos de doninha se arregalaram.

— Está bem, está bem — disse Vinho, levantando as mãos de forma apaziguadora. — Considerando as circunstâncias...

— ... aceitamos a oferta.

— Ótimo. Agora, *onde está Valerian*?

— Siga a gente — disse Azul, esfregando a orelha.

O general Okto-Bar era um homem da guerra, mas descobriu sua verdadeira vocação na Alfa. Cuidar da vasta estação o fascinava e lhe dava uma estranha sensação de paz, portanto era isso que ele vinha fazendo de forma excelente nos últimos quatro anos. Tinha se apegado aos alienígenas que, como ele, chamavam aquele lugar de "casa", e havia feito algumas amizades que durariam a vida toda. Era inaceitável a ideia de que corressem perigo, assim como seus colegas humanos e a estação que havia séculos era um símbolo da interação harmoniosa, da boa vontade e da cooperação interespécies.

Previa, com razão, que se continuasse a lidar tranquilamente com os problemas diários de uma variedade de seres tão enorme, terminaria sendo nomeado comandante do lugar que tanto amava. Mas Arun Filitt parecia ser uma figura mais interessante, e quando chegou a hora de seus superiores lhe atribuírem uma função, ele recebeu o comando da Alfa, em detrimento do homem que de fato a estava comandando havia muitos anos, com uma paixão discreta e pouco reconhecida. Okto-Bar continuou fazendo seu trabalho à sombra da figura mais notável e popular.

Agora, o comandante tinha desaparecido, e Okto-Bar estava bastante consciente de que a sobrevivência da raça humana e da estação espacial que ele tanto amava eram sua responsabilidade.

A notícia de que a agente Laureline tinha escapado era particularmente irritante. Ele não precisava de agentes desonestos, com ou sem condecorações, fugindo. Ficou de pé, examinando o mapa do lugar que era tanto sua responsabilidade quanto sua alegria.

Seus melhores oficias estavam ao seu lado aguardando ordens.

— Phillips, vá direto para o lugar onde o major desapareceu. Milo, procure a agente Laureline. Traga-a para cá sem violência! Podem ir!

Os soldados se apressaram. O general continuou olhando para o mapa, pensativo.

Ele não era um homem de emoções extremas e era pouco dado a fantasias. Quem o conhecia podia acusá-lo de não ter nenhuma imaginação, o que não o incomodava nem um pouco. A afirmação peculiar da agente Laureline de que havia habitantes de Mül naquela estação e de que o agente Valerian de alguma forma os conhecia era uma bobagem, claro.

E, no entanto... ele sabia que Laureline era uma mulher estável e direta, bem diferente do parceiro impulsivo. E ela havia sido bastante enfática a esse respeito.

O general estava ficando sem opções. Não faria mal investigar.

Okto-Bar colocou a mão em um escâner de vidro.

— Preciso de todas as informações sobre o planeta Mül.

Depois de um tempo, o escâner começou a emitir uma luz vermelha. Então a seguinte mensagem apareceu: ACESSO NEGADO.

O quê? As sobrancelhas do general se ergueram em espanto.

— Quem pode acessar esses arquivos?

A resposta surgiu na tela: COMANDANTE ARUN FILITT.

Okto-Bar ficou olhando para o nome na tela. Pelo visto, ele *tinha* imaginação, porque naquele instante ela estava à toda.

CAPÍTULO 16

A princípio, Laureline suspeitou que os doghan-daguis estavam tentando passá-la para trás. Sua impaciência aumentava a cada passo rumo ao sul, onde ficava a parte da estação que acomodava espécies aquáticas. Ela se deu conta de que estavam em uma área chamada Galana. Dizia-se que as planícies submersas eram magníficas, mas Laureline não estava ali para bancar a turista.

— Acho bom vocês não estarem me levando numa busca infrutífera — murmurou ela a certa altura.

— O que frutas...

— ... têm a ver com isso? — perguntou Vinho.

— E como as encontraríamos aqui? — concluiu Amarelo.

Laureline esfregou as têmporas. A adrenalina percorria suas veias, o que a deixava ainda mais impaciente.

— Deixa pra lá — disse ela. — Só não se esqueçam de que tenho uma arma carregada que terei o prazer de usar se a coisa toda começar a ir ladeira abaixo.

— Já estamos... — disse Azul.

— ... descendo...

— ... uma ladeira.

Laureline nem respondeu. Sabia que se abrisse a boca emitiria um grito irritado que, embora com certeza fosse fazê-la se sentir melhor, não ajudaria Valerian em nada.

Por fim, com Laureline em seu encalço, os doghan-daguis chegaram a um cais de concreto nas margens de um mar verde turvo. Havia um cheiro de salmoura e podridão no ar, e Laureline tentou não franzir o nariz por causa do mau cheiro. A área estava abandonada e deserta, e vários ruídos estranhos ecoavam de maneira sinistra.

Não, pensou Laureline, *não tão deserta*. Ela podia ver o periscópio de um submarino muito pequeno atracado ali. Não havia muito o que ver, mas o que ela via não inspirava confiança. O metal parecia antigo e prestes a se desfazer a qualquer instante.

Os doghan-daguis pareciam saber exatamente o que estavam fazendo. Foram em direção a um mecanismo vermelho no fim da doca que, como o submarino, parecia já ter visto dias melhores. Laureline imaginou que fosse um guindaste ou algo do tipo. Azul puxou uma alavanca, e um pequeno gancho desceu. Vinho pegou uma garrafa de um dos muitos artefatos em sua cintura e a prendeu com cuidado ao gancho. Azul puxou outra alavanca, e o braço do guindaste balançou, baixando a garrafa de modo que batesse na lateral do submarino sem quebrar.

Com um ruído alto, a portinhola da torre de comando se abriu.

Um dos homens mais esquisitos que Laureline tinha visto na vida colocou a cabeça para fora. Ele semicerrou os olhos, agarrou a oferenda, abriu-a com os dentes, virou o conteúdo num único gole e jogou a garrafa vazia na água verde e turva do mar.

Seu cabelo comprido era encaracolado e revolto, e ele ainda tinha uma barba densa. O rosto era curtido como couro velho. O nariz parecia ter sido quebrado mais de oito vezes, e os olhos que os encaravam eram de cores diferentes. Um era castanho-escuro, o outro era de um azul pálido pouco natural, e Laureline imaginou que fosse artificial. Havia um implante na sobrancelha esquerda, e o homem tinha brincos nas orelhas de formato estranho.

— Tenho um mau pressentimento quanto ao plano de vocês — sussurrou Laureline.

O pirata — ou pelo menos era o que ela imaginava que ele fosse — a encarou com seus estranhos olhos. Bruscamente, resmungou:

— Que é?

O primeiro doghan-daguis respondeu:

— Gostaríamos de pescar…

— … uma água-viva. — disse Vinho.

— Um macho, se possível — acrescentou Amarelo.

Azul jogou um dos diamantes de Laureline para o pirata. Ele o apanhou com a mão esquerda com mais facilidade do que ela esperava, até que percebeu que o braço inteiro era cibernético.

O pirata examinou a joia e resmungou alguma coisa. Olhando para eles, mas segurando o diamante, disse:

— Está fora de época.

Vinho jogou outra pedra para ele. De novo, o pirata agarrou a pequena joia no ar. Dessa vez, disse:

— Os machos são mais difíceis de pegar.

Claramente estava testando até onde poderia ir.

Amarelo suspirou e jogou um terceiro diamante.

O pirata olhou para eles com um sorriso dourado no rosto.

— Bem-vindos a bordo — declarou.

Laureline não estava arrependida; era muito pior do que isso. O submarino era tão pequeno quanto imaginava e ainda mais frágil do que temera. Mal podia acomodar dois humanoides, e o pirata com quem tinham decidido se aliar ocupava grande parte do espaço. A sala de controle ocupava cerca de um terço do submarino, com uma grande janela redonda. O resto era onde o pirata dormia e supostamente comia, embora Laureline suspeitasse que a maior parte das suas calorias vinha da bebida; e na popa ficava o motor surpreendentemente rápido. Havia uma grua com uma garra pequena afixada à base do submarino, talvez para a pesca.

O pequeno veículo navegava pelas planícies submersas de Galana. A ansiedade de Laureline em relação ao destino de Valerian contrastava com a beleza serena que se apresentava à sua volta. Ela tinha de admitir que era uma visão impressionante. Em qualquer outro momento, poderia estar apreciando a viagem.

Eles passaram pelos famosos campos de cobalto que figuravam nas músicas e nas histórias, de um verde azulado onde flores azul-escuras cresciam, balançando suavemente na maré. As bordas eram marcadas por uma pálida luz azul. A certa altura, Laureline viu um lavrador poulong nadando rumo ao campo. Eles tinham sido uma das primeiras espécies aquáticas a se estabelecer em Alfa, e sempre se mostraram muito amáveis. Em terra firme, o fazendeiro teria parecido esquelético e esquisito, com o corpo curvado e pouco atraente. Mas aquele era seu habitat. Sua pele era azul, manchada de tal forma que parecia salpicada de luz. Havia uma lanterna afixada no capacete que cobria sua cabeça, com uma amarra ligada a um eixo principal. Laureline se deu conta de que estava vendo um krikbang, um computador avançado que ligava todos os poulongs e controlava a atividade dos lavradores. Ela permitiu que seu olhar se concentrasse no tranquilo ser colhendo flores aquáticas; seus dedos compridos e delicados tocavam os finos caules e os arrancavam do fundo do mar. Assim que o caule estalava, a luminescência que delineava a flor queimava, por um momento azul, branca e muito brilhante. Ela flutuava impotente enquanto o lavrador a enfiava no saco em suas costas e seguia para a próxima. O brilho era lindo, mas Laureline não podia deixar de pensar se não era a planta gritando de dor.

Ela não gostou daquele pensamento e desviou o olhar. O pirata era caladão, o que a agradava. Laureline estava no assento ao seu lado enquanto o submarino passava entre as ruínas de duas colunas enormes, como se estivessem atravessando um portal para um mundo perdido. A tranquilidade era hipnótica, mas logo algo chamou sua atenção.

Uma criatura enorme estava se movendo, uma mancha verde-escura contra a água mais clara. Pouco depois, Laureline considerou que a coisa não era "enorme", mas "gigantesca", e talvez até um pouco "monstruosa".

O pirata apontou em sua direção.

— Ali! — disse ele, triunfante. — Bromossauros.

Eles estavam se aproximando das imensas feras que nadavam tranquilamente ao redor do submarino. Ao olho inexperiente, pareciam um cruzamento entre réptil e inseto, com grandes escamas alinhadas nas costas e na cauda e oito pernas comparativamente pequenas saindo da enorme barriga. Laureline tinha a impressão de que a criatura seria capaz de se enrolar do focinho ao rabo, com as escamas servindo de proteção. Ela não queria saber o que havia na água que pudesse ameaçar uma criatura que tinha bem mais de sessenta metros de comprimento.

— São perigosos? — perguntou ela.

— Não — respondeu o pirata. — Só tome cuidado para não ser aspirada.

Laureline relaxou um pouco, olhando com mais curiosidade do que preocupação um bromossauro chupando a lama do fundo e tudo o que ela continha.

— Estamos com sorte — disse ele. — Aquele é macho.

— Como você sabe? — perguntou Laureline.

— São bem menores que as fêmeas — explicou o pirata.

Laureline ergueu as sobrancelhas.

— Que ótima notícia. — O pequeno submarino se aproximou. — Hum... Mas não deveríamos estar procurando uma água-viva?

O pirata lançou um olhar surpreso para ela.

— Se quer achar uma água-viva, precisa achar os bromossauros primeiro.

Ele balançou a cabeça grisalha como se dissesse: "O que é que estão ensinando nas escolas hoje em dia?".

— Tá, mas como você pode ter certeza de que tem uma água-viva com esse aí?

— Todos têm — explicou o pirata. — O bromossauro expira água pura, e as águas-vivas não podem sobreviver sem isso. Então ficam em volta deles durante toda a vida, e é daí que elas tiram sua hipersensibilidade.

Laureline o encarou por um momento. Estava quase mais impressionada pela eloquência e pelo conhecimento do pirata até então silencioso do que pelo ser gigantesco à sua frente.

O submarino estava perto o bastante para que se pudesse ver que o bromossauro tinha uma única narina imensa. Definitivamente havia uma água-viva agarrada ao seu nariz, acima do enorme orifício expelindo água.

Eles pararam em frente ao animal. Laureline via muito bem de que o bromossauro era pelo menos cem vezes maior que o veículo.

— Por que param...

Seus dedos se fecharam no braço da cadeira quando o submarino foi puxado.

— Estamos sendo sugados! — gritou ela.

O pirata parecia muito calmo.

— Temos que nos aproximar da cabeça — disse ele com o mesmo tom displicente e cheio de sabedoria com que tinha explicado a simbiose entre as águas-vivas e os bromossauros. Então se inclinou e acrescentou em tom quase conspiratório: — É aí que fica o ponto cego dele.

Laureline olhou para o pirata. Primeiro achou que fosse doido, depois surpreendentemente sábio, e agora estava de volta ao "doido". O submarino ganhava velocidade. Seu olhar era inexoravelmente atraído pela janela, e Laureline viu as garras do guindaste na frente do submarino se moverem.

— Agora — disse o pirata num ronronar, inclinando-se para a frente enquanto manobrava —, lá vamos nós... bem devagar...

Laureline ficou observando, compreendendo enfim o que estava tentando fazer.

— Posso ajudar? — ofereceu ela. — Piloto bem.

O pirata continuou atento, o corpo inteiro focado no que estava fazendo.

— Ah, não é uma questão de pilotar — murmurou ele. — É de *sentir*.

— Sou boa nisso também — disse Laureline, pronta para ajudar.

— Shhh — disse o pirata, franzindo o rosto.

Com a reprimenda, Laureline afundou na cadeira e deixou que ele fizesse o que tinha sido pago com três diamantes para fazer.

Eles ainda estavam sendo puxados a um ritmo incrivelmente rápido. Laureline engoliu em seco, esperando que o pirata fosse muito bom no seu trabalho.

No último segundo, ele deu uma guinada para cima, e o pequeno submarino começou a sair do vácuo do bromossauro, passando pela cabeça do monstro. O pirata moveu a direção depressa, e a garra do guindaste agarrou a água-viva em seu caminho.

— É assim que se faz! — comemorou ele, animado.

Aliviada, Laureline estava prestes a comemorar também quando, atrás e abaixo deles, o bromossauro abruptamente se ergueu. Com uma velocidade surpreendente para um animal que até então fora lento e lânguido, ele deu meia-volta. Num momento ela estava olhando para as costas e o rabo da criatura, e no outro para sua boca *enorme* cheia de dentes tão grandes quanto o homem alto sentado ao seu lado.

— Achei que você tivesse dito que eles não eram perigosos! — gritou Laureline.

— Ah, e não são — disse o pirata despreocupadamente. — A menos que você mexa com o amiguinho deles.

— Que maravilha!

A caçada começou. Muito calmo, o pirata pilotou o submarino a toda velocidade e passou pelas costas da criatura, conseguindo se desviar de um segundo bromossauro, que aparentemente estava tão ofendido que o amiguinho do colega tivesse sido pego quanto o próprio.

— Não vamos conseguir fugir deles! — gritou Laureline.

— Não precisamos — respondeu o pirata, calmo.

Laureline odiava ficar esperando enquanto os outros agiam, mas não havia muito que ela pudesse fazer além de se segurar e esperar que o submarino não se desmantelasse.

Um rabo enorme chicoteou, e a onda de água resultante impulsionou o submarino para a frente. Laureline finalmente compreendeu a estratégia do pirata. À frente, duas das colunas gigantes em ruínas se erguiam, como sentinelas. Ele pretendia passar no espaço entre elas.

Os dedos de Laureline apertaram os braços da cadeira. *Vamos, vamos...*

O submarino passou.

Os bromossauros, não. Ficaram presos, pois sua cabeça era a única parte pequena o bastante para passar. Os ombros bateram com tanta força na pedra antiga que uma imensa fissura se abriu ao longo de cada uma. Confusos e furiosos, os dois enormes habitantes das planícies de Galana simplesmente continuaram tentando avançar. Enquanto isso, sua pequena presa e seu amiguinho ainda menor desapareciam nas profundezas.

Laureline ouviu um rugido alto e pesaroso atrás deles. Ela afundou no assento e manteve os olhos fechados pelo restante da viagem.

Laureline sentia-se totalmente esgotada quando saiu do submarino, sem querer admitir que estava feliz de encontrar os três doghan-daguis aguardando ali. Estava meio que esperando que tivessem fugido.

Quando chegou à doca, ouviu a portinhola da torre de comando se fechar e trancar. Por ela tudo bem. Não tinha certeza de que teria palavras para se despedir daquele pirata esquisito depois da última aventura.

— E então? — perguntou Azul.

— Morderam vocês? — perguntou Vinho.

— Conseguiram? — perguntou Amarelo, animado.

— Sim — respondeu Laureline.

Eles viraram para olhar as tenazes do submarino saírem lentamente da água, ostentando sua caça gelatinosa.

— Não temos tempo a perder — disse Azul.

— A água-viva é extremamente frágil — explicou Vinho.

— Se mostrarmos imagens de Valerian para a água-viva... — disse Amarelo.

— ... ela vai mostrar o que ele viu — concluiu Azul.

— Sim, mas... — Laureline olhou perplexa para a água-viva ainda nas tenazes do submarino. — Como?

— Você tem que pô-la...

— ... na cabeça...

— ... até os ombros.

Laureline contorceu os lábios em desagrado.

— Vocês só podem estar de brincadeira.

Eles a olharam com seriedade.

— Não brincamos em serviço — garantiu Azul.

— Funciona por uma espécie de osmose... — explicou Vinho.

— ... você vai conseguir se comunicar — concluiu Amarelo.

Laureline olhou para a massa viscosa e gotejante com nojo. Parte dela imaginou se os doghan-daguis estavam tirando uma com a sua cara. Mas tinha acreditado em Azul quando ele negara. Eram informantes escorregadios, certamente, mas brincar com os clientes seria ruim para os negócios. E por falar em escorregadio...

Com cautela, Laureline se forçou a pegar a água-viva, tentando não se contorcer quando seus dedos a tocaram.

Na cabeça, até os ombros. *Argh.*

Ela respirou fundo e endireitou o corpo, então levantou o ser invertebrado, frio e úmido. Parou quando Azul advertiu:

— Mas tome muito cuidado...

— ... para não ficar embaixo dela... — continuou Vinho.

— ... por mais de um minuto...

— ... porque senão ela começa a se alimentar...

— ... da sua memória — concluiu Vinho.

Laureline ficou olhando para eles, horrorizada. Deixou escapar uma risada áspera e curta.

— Mais alguma coisa que eu deveria saber antes de deixar esse bicho me engolir? Devo colocar a cabeça na bunda dela?

Eles piscaram em sincronia.

— Não que a gente saiba — disse Azul.

— É melhor começar.

— Boa sorte — acrescentou Amarelo.

Laureline levantou a água-viva acima da cabeça.

— Não esqueça! — Azul parecia genuinamente preocupado.

— Um minuto!

— Nem um segundo a mais!

— Entendi — respondeu Laureline, e colocou a água-viva na cabeça.

CAPÍTULO 17

O corpo viscoso da água-viva escorreu pela cabeça de Laureline, engolindo seu corpo esguio até a cintura. Era ainda mais nojento do que ela tinha imaginado, e por um segundo precisou lutar brevemente contra o medo enquanto o corpo gelatinoso do animal cobria sua boca e seu nariz. Mas Laureline percebeu que, de alguma forma, ainda conseguia respirar.

Deixou de lado todo o nojo e a repulsa e focou em Valerian.

Tentou visualizá-lo em sua mente com tanta clareza quanto podia. Procurou se lembrar de tudo: seu rosto, sua risada, seu jeito espertinho de afetar superioridade. Sua voz, seu cheiro, seu toque. A pressão dos lábios dele contra os dela. Como tinha parecido enquanto a segurava, logo antes de chegarem à estação. Seus olhos bem abertos e bondosos enquanto a ouvia despejar seus pensamentos mais privados, que ela nunca tinha compartilhado com ninguém. A percepção de que, quando fora interrompido antes de responder, ele estava tremendo.

Assim como ela.

Valerian…

E então, de repente, ainda que seus olhos estivessem fechados, Laureline podia ver.

Ela estava saindo do casulo de gel que os pérolas tinham…

Não. Ela não estava.

Valerian estava.

Os doghan-daguis estavam certos. Laureline estava vendo tudo através dos olhos dele.

Seu coração acelerou conforme experimentava tudo: a sensação eufórica, estranha e surpreendente de atravessar paredes sem medo de se machucar; saltar no vazio enquanto criava seu próprio chão com placas azuis e translúcidas; correr pelos campos ouvindo os gritos telepáticos de omelites furiosos; perseguir a nave impossivelmente linda dos pérolas, o choque de vê-la se dividir em milhares de outras menores; a decisão de perseguir uma delas com um sky jet.

— Já foram quinze segundos!

A voz assustou Laureline e quase tirou seu foco. Levou um segundo para perceber que era um dos doghan-daguis a alertando.

Ela voltou a mergulhar no ponto de vista de Valerian, vendo-o disparar um arpão na pequena e bela nave. Podia sentir seu coração batendo contra as costelas, mais rápido que nunca. Mais rápido do que deveria.

Valerian foi puxado conforme a nave tentava se soltar. Arrastava-o para um lado e para o outro, como um brinquedo...

Suor começou a brotar pelo corpo de Laureline.

Valerian balançava, até que, por fim, o casco de uma nave de carga que se aproximava rápido demais e o sky jet bateram.

Laureline gritou.

Os destroços ficaram lá, iluminados por uma luz azul-arroxeada, fraca e errática. Laureline estava tentando negociar com o universo quando, *graças a Deus*, Valerian saiu dos destroços fumegantes do sky jet, cambaleou e caiu.

Tudo ficou preto. Então, de repente, Laureline não seguia mais do seu ponto de vista, mas encarava seu corpo desmaiado. *Valerian!* A imagem de repente ficou desfocada. Por um horrível segundo, ela pensou que estava perdendo contato com ele, mas então percebeu que eram apenas suas próprias lágrimas atrapalhando a visão.

A voz de Vinho penetrou o medo:

— Trinta segundos!

Laureline olhou para Valerian por mais um instante, então cerrou os dentes. Chorar por ele não iria salvá-lo. Descobrir onde tinha batido, sim. Ela afastou o olhar do seu corpo estendido e olhou para o precipício.

— Cinquenta segundos! — gritou Amarelo.

— Saia!

— Agora! — gritou Vinho.

Laureline não podia.

Ainda não. Não antes de ter localizado o homem que ela...

A imagem desfocou uma segunda vez, mas não por causa das lágrimas. Laureline se sentiu exausta, como se tivesse corrido uma maratona. Então se deu conta de que não era seu corpo, mas sua mente, que estava cansada com a tensão.

Vamos, Laureline...

Pronto. Seus olhos frenéticos recaíram sobre um cano com palavras pintadas nele. Sua cabeça começou a girar. Laureline lutou contra aquilo, mas suas pernas tremeram e cederam. Ela caiu de joelhos, mas já tinha memorizado a informação.

N.630.L.SUL-DESATIVADO.

A imagem esvaneceu.

Laureline mal podia erguer os braços, mas se forçou a fazer isso. Tremendo, seus dedos entorpecidos tentaram agarrar a criatura escorregadia que cobria sua cabeça e seu tronco. Com as últimas energias que lhe restavam, conseguiu tirá-la da cabeça. A água-viva caiu no chão com um ruído molhado, e Laureline ficou olhando para ela, tremendo, molhada de suor e água do mar, exausta e à beira da inconsciência.

A água-viva estava preta.

— Incrível! — exclamou Azul.

— Um minuto...

— ... e dez segundos! — completou Amarelo, animado.

— Um recorde! — anunciou Azul.

A água-viva estremecia. Laureline a viu fazer isso curvando os lábios em desgosto. A criatura conseguiu se arrastar até a beirada da doca e cair no mar com um leve ruído.

— Tudo bem? — perguntou Vinho, preocupado.

— Você o encontrou? — disse em seguida Amarelo.

Ofegante, Laureline soltou:

— N.630.L.SUL-DESATIVADO. — Ainda com as mãos nos joelhos, ela olhou para os companheiros. — Alguma ideia do que isso significa?

Eles olharam uns para os outros, então Azul falou:

— Nível seiscentos e trinta, setor leste.

— Provavelmente um cano de sulfato — acrescentou Vinho.

— Desativado — completou Amarelo, parecendo irritado por ter lhe sobrado o óbvio.

Os três haviam sido fonte de muita irritação no passado. Mas, naquele dia, haviam feito tudo o que tinham dito que iam fazer, ainda que por um preço. Por causa deles, Laureline conseguiria encontrar Valerian.

— Obrigada — disse com sinceridade e um sorriso no rosto.

— Foi um prazer, sargento — respondeu Azul, colocando a mão gorducha no centro de seu peito estreito e fazendo uma leve reverência.

— Quer um mapa detalhado? — ofereceu Vinho.

Naturalmente, Amarelo acrescentou:

— Podemos dar um desconto.

Pelo menos o sargento Neza tinha boas notícias para Okto-Bar: eles tinham localizado a agente Laureline.

Alto, magro e de costas eretas, Neza apontou para o mapa da estação.

— Rastreamos biologicamente a sargento Laureline até aqui.

— O que ela está fazendo no mar de Galana? — perguntou Okto-Bar, surpreso. Aquilo ficava mais estranho a cada minuto.

— Ainda não sabemos, senhor — respondeu Neza. — O que sabemos é que depois disso ela roubou um veículo e se dirigiu à zona vermelha. — Pareceu levemente inseguro ao acrescentar: — Então perdemos seu rastro.

As sobrancelhas de Okto-Bar se ergueram. *A zona vermelha...* Um leve sorriso surgiu em seu rosto.

— Não tenho ideia de como fez isso, mas ela deve ter localizado o major.

Se fosse verdade, também era uma boa notícia.

Outro sargento entrou e perguntou, tímido:

— General? Tem... hã... três doghan-daguis alegando possuir informações que podem nos interessar.

Ninguém gostava dos doghan-daguis. Eles viviam de vender informações, em vez de dá-las voluntariamente. O jovem sargento estava certo em hesitar ao mencioná-los. Mas, naquele momento, com dois dos melhores agentes do espaço-tempo sumidos, Okto-Bar não deixaria nenhuma dica passar... mesmo que trazida por um trio de doghan-daguis.

— Deixe que entrem.

Okto-Bar voltou-se e viu os três seres entrando em atitude subserviente.

Olhou severamente para cada um deles.

— Nossos mais profundos respeitos, general — começou Azul.

— Esperamos que tenha saúde...

— ... e prosperidade — concluiu Amarelo, oferecendo a Okto-Bar o que passaria por um sorriso.

— Desembuchem — ordenou o general bruscamente, cruzando os braços.

Os três começaram a falar. Quanto mais contavam, mais pálida a cara de Okto-Bar ficava. Quando terminaram, estava enfurecido.

— Vamos — disse Okto-Bar para Neza, que também parecia abismado e ligeiramente enjoado.

O general Okto-Bar entrou na sala de interrogatório com quatro dos seus melhores soldados atrás dele. Arrastando-se no seu encalço, tão rápido quanto suas perninhas curtas permitiam, vinham os três doghan-daguis. Os guardas que estavam na porta se endireitaram, parecendo confusos e um pouco assustados, como se desejassem estar em qualquer outro lugar.

— Senhor, nós... — começou uma guarda.

— Abra a porta, tenente — disse Okto-Bar, em uma voz fria e calma —, ou vai se arrepender.

Ela obedeceu.

Okto-Bar realmente esperava que a informação comprada dos doghan-daguis estivesse errada. Mas, infelizmente, não estava.

Um alienígena pálido e esguio estava preso a uma cadeira. Era claro que tinha apanhado e, quando aquilo não produzira os resultados desejados... Bem, o general suspeitava que as dezenas de tubos ligados ao seu corpo não estavam injetando nada de saudável. Os três seres que o haviam guiado até ali estavam um pouco afastados, espreitando da porta.

Okto-Bar se dirigiu ao torturador da pobre criatura e exigiu saber, fervendo de raiva:

— Capitão! O que está acontecendo aqui?

O capitão olhou para ele, obviamente em pânico. Seus olhos vagavam como se procurando uma rota de fuga. Sua voz tremia quando disse:

— Eu respondo diretamente ao comandante Arun Filitt! Não tenho que...

— Sou o general Okto-Bar! — rugiu ele, diminuindo a distância entre os dois. O último resquício de paciência tinha chegado ao fim. Não havia espaço para aquilo diante de tortura. — Na ausência dele, sou eu quem comando a Alfa. Sargento Neza, prenda esses homens! E solte aquele pobre coitado imediatamente.

O sargento Neza e mais um soldado se apressaram em obedecer às ordens do general. Os doghan-daguis permaneceram à porta. Pareciam estar gostando da cena.

O pálido alienígena foi solto de suas amarras e dois homens tiraram todos os tubos ligados a ele. Sua cabeça caiu para trás e seu peito magro se elevou. Okto-Bar foi para o seu lado e disse com a voz gentil, ainda que estivesse morrendo de raiva:

— Peço inúmeras desculpas pela maneira como foi tratado. Vamos levá-lo para nossa cadeia agora, porque seu povo nos atacou, mas prometo que nossos médicos vão cuidar de você. Ninguém vai machucá-lo.

Enquanto falava, Okto-Bar imaginou se a criatura viveria por tempo o bastante para receber cuidados médicos. O que tinham feito a ela...

O ser abriu seus olhos impossivelmente azuis e deu um sorriso fraco para o general. Com muito esforço, esticou um braço e pegou a mão de Okto-Bar.

— Nos ajude... — suplicou ele.

Era um pedido curioso vindo do membro de uma espécie que tinha acabado de atacar a estação, mas Okto-Bar disse:

— Se quer ajuda, conte tudo o que sabe, começando pelo motivo de terem nos atacado.

Fracamente, o prisioneiro maltratado respondeu:

— Porque... vocês têm... algo de que precisamos.

Ele fechou os olhos. Por um momento, Okto-Bar achou que tivesse morrido. Então, inesperadamente, o ser ferido esticou os braços e arqueou as costas, como se estivesse tentando abraçar todo o universo.

Uma onda azul pareceu emergir do seu corpo, pulsando enquanto se propagava ao longo da sala, literalmente *atravessando* o local e a todos os que estavam ali, com os olhos arregalados e as bocas abertas em surpresa.

CAPÍTULO 18

Com a arma em punho, Laureline emergiu do cano de sulfato desativado no nível seiscentos e trinta do setor leste e se viu à beira de um precipício. Ela se aproximou com cuidado e olhou para baixo, para a escuridão sem fim iluminada permanentemente pelas poucas borboletas fosforescentes ao longo da parede. Eram maravilhosas e pareciam mágicas, batendo suas asas em tons brilhantes de magenta, violeta e azul.

— Valerian? — chamou Laureline.

Sua voz ecoou no espaço, e ela pensou de imediato se gritar tinha sido a coisa mais inteligente a fazer. Mas se ele respondesse…

Laureline só ouviu o eco da própria voz morrer, e então o silêncio.

Aquele era o lugar certo, tinha certeza. Não havia notado as borboletas antes, mas tinha visto o corpo de Valerian e os destroços do sky jet iluminados por elas. E tinha feito o conversor produzir diamantes o suficiente para garantir que os doghan-daguis providenciassem um mapa confiável. Na visão que tivera, Valerian estava em péssimas condições. Torcia para que ele aguentasse até sua chegada.

Ela vasculhou seus pertences até encontrar um cabo fino e forte, ligado a um pitom de montanhismo. Com força, Laureline enfiou o pitom na rocha, puxou para ter certeza de que estava bem firme e usou o aparato para descer com cuidado pela parede de pedra escura. Ela seguiu até seus pés tocarem uma saliência na rocha que se projetava uns três metros. Com um movimento do pulso, o cabo se soltou e ela o enrolou e guardou rapidamente. A pedra sob seus pés era escorregadia, e ela avançava com cuidado em busca de seu parceiro. De vez em quando as asas de uma borboleta resvalavam em seu rosto como um beijo delicado; era um estranho prazer naquele momento de preocupação e medo.

A rocha fazia uma curva e dava para uma caverna. Laureline acendeu uma lanterna e perdeu o ar. Tinha encontrado o sky jet — ou, pelo menos, o que havia sobrado dele. Comprimiu os lábios em uma linha fina, tentando afastar o medo que poderia enfraquecê-la, então chamou de novo:

— Valerian?

Nenhuma resposta. Ela se dirigiu aos destroços o mais rápido que ousou. Do outro lado, encontrou o parceiro.

Valerian estava caído no chão, o uniforme rasgado e ensanguentado. Laureline correu até ele e caiu de joelhos ao seu lado.

— Valerian! Estou aqui!

Ela largou a arma no chão e começou a procurar freneticamente por algo em meio às suas coisas. Pegou um kit de primeiros socorros compacto, inclinou um pouco a cabeça de Valerian e deslizou o dispositivo para dentro da boca dele. A luz vermelha se tornou azul enquanto um cartucho bombeava a medicação prescrita.

— Acorda, Valerian... por favor!

Nada. Os segundos se arrastavam. Ela tinha chegado tarde demais? O kit era bom, mas...

Os olhos de Valerian se abriram e ele se sentou, tossindo e cuspindo. Alívio percorreu o corpo de Laureline, tão poderoso que a deixou tonta. Seu rosto doía, e ela percebeu que era porque não conseguia parar de sorrir. A agente tocou o rosto de Valerian e, num impulso, o beijou.

Valerian ficou estático por um segundo, pego de surpresa, então retribuiu o beijo. Quando Laureline se afastou, ele olhou para ela, confuso.

— Laureline! O que está fazendo aqui?

— Vim buscar você — disse ela. — Seu sky jet está destruído, não lembra?

Ela apontou com a cabeça na direção dos destroços.

Valerian piscou, ainda um pouco atordoado.

— É... eu... perdi o controle na curva.

— Você quase morreu, isso sim — disse Laureline, incapaz de segurar um sorriso, ou manter as mãos e os olhos longe dele, o que tampouco desejava. Aquilo a tinha afetado. — Sorte a sua que encontrei você!

A memória parecia voltar a ele aos poucos.

— E o comandante? — perguntou Valerian. — Sabemos onde está?

— Nenhum sinal dele. A espaçonave desapareceu na zona morta. Não conseguimos rastrear.

Valerian assentiu.

— Certo. Parece que não temos tempo a perder. Vamos.

Ele teve um pouco de dificuldade para se levantar.

Laureline continuou ajoelhada na rocha dura, olhando para ele, completamente surpresa enquanto Valerian se dirigia aos destroços para tentar recuperar o que fosse possível. Por um momento, ficou muda. Então, perguntou:

— Só isso?

Valerian virou-se para olhar para ela. O cretino não era nem capaz de esticar a mão para ajudá-la a levantar.

— Como assim?

— Nada de "obrigado" ou "mandou bem, Laureline"?

O rosto de Valerian se derreteu naquele sorriso engraçadinho que lhe era muito familiar. Ele foi até Laureline, ajudou-a a se levantar e a beijou. Ela estava prestes a se entregar ao beijo quando Valerian se afastou, segurou seu rosto e disse, com sinceridade:

— Obrigado. — E então acrescentou: — Mas eu teria feito o mesmo por você.

Os olhos de Laureline se estreitaram e ela sentiu o calor da fúria absoluta em seu rosto. Valerian sorriu e se esquivou do tapa que ela tentou lhe acertar.

Laureline pensou em tudo pelo que tinha passado — o pirata fedido, quase ser engolida por bromossauros, a viscosidade pegajosa da água-viva em seu corpo, o risco de quase ter suas memórias *devoradas* por ela...

Queria contar tudo aquilo a ele, em detalhes excruciantes, mas nem conseguia pensar claramente no momento, e tudo o que saiu foi:

— Você é um babaca!

— Ei, calma — disse Valerian, rindo um pouco. Ele estava achando aquilo *divertido*! Abaixou-se para pegar a arma que Laureline tinha largado no chão e colocou no próprio cinto. — Confio em você mais do que em mim mesmo. Não era isso que você queria?

— Não!

Valerian se desviou de outro golpe, então a envolveu com seus braços e a puxou para si.

— Você é uma mulher incrível, Laureline. Por que acha que quero casar com você?

— Por que eu me casaria com um ingrato, um convencido…

— Ah, sei lá — disse ele. — Talvez porque não consiga viver sem ele. Quer dizer, onde quer que ele vá, você vai atrás.

Seu egocentrismo e sua audácia deixaram Laureline sem palavras. Ele se inclinou para mais um beijo, mas ela não ia permitir aquilo. Virou a cabeça e o afastou com um empurrão. Quando Valerian deu um passo para trás, ela o fitou com toda a frieza de seus olhos azuis.

— Ainda temos uma missão a cumprir, major — disse. — Lembra?

Valerian suspirou e soltou os braços. Então os levantou em um gesto de "você venceu" e retornou para os destroços do sky jet. Iam precisar de armas no lugar para onde se dirigiam.

Laureline virou de costas, observando a caverna que se abria diante deles. Enfiou uma mão no compartimento do cinto para acariciar o conversor, tanto para o conforto dele quanto para o dela. Ele mordiscou delicadamente seus dedos, e Laureline sorriu.

— Você não disse que a garota dos seus sonhos tinha um conversor igualzinho a este? — perguntou, passando a mão uma última vez nas costas escamosas da criatura antes de fechar o compartimento.

— Sim — disse Valerian, de costas para ela enquanto revirava os destroços.

Uma borboleta pousou na mão de Laureline. Era linda — delicada, frágil, com cores muito vivas. Tinha uma espécie de cauda também; uma gavinha comprida que balançava e ondulava atrás dela.

Laureline observou-a fechar e abrir suas asas lentamente, mantendo a mão parada para não assustá-la.

— Então, se o conversor é nativo daquele planeta — continuou ela —, é muito compreensível que queiram recuperar o último da espécie, não acha?

— Acho — concordou Valerian. — Provavelmente sequestraram o comandante porque acharam que estava com ele.

— E quando descobrirem que não está, vou ser a próxima da lista.

A borboleta continuou onde estava, e apesar da irritação de Laureline com a demonstração mais recente do comportamento grosseiro de Valerian, ela sorriu. Ainda havia beleza no universo.

— Não se preocupe — garantiu Valerian. — Não vou deixar você ir a parte alguma!

Ela sorriu, livre de todo o ressentimento.

— Eu é que não vou deixar *você* ir a parte alguma!

Laureline o ouviu dar uma risada. Tudo estava bem entre os dois de novo.

— Acho que vou parar enquanto estou ganhando — disse ele.

— Ah, os cabelos brancos estão lhe dando sabedoria.

— Um — retrucou ele. — Você achou *um* fio branco.

Laureline continuou a olhar para o belo inseto que a mimoseava com sua presença, então sorriu para ele.

— Há borboletas bonitas aqui.

— É — retrucou Valerian sem prestar muita atenção. — Mas não deixe que pousem em você.

O sorriso de Laureline desapareceu.

— Por quê? — perguntou, com a voz tensa.

A borboleta fechou e abriu as asas.

Ela ficou absolutamente imóvel.

— Porque algumas delas são... — ele começou a dizer, virando-se para ela. — *Não!*

Valerian correu em sua direção, mas era tarde demais. Em um piscar de olhos, o "rabo" enganosamente delicado da borboleta envolveu a mão de Laureline, e ela foi puxada para o precipício.

O agente correu para ver Laureline balançando, presa pelo pulso na extremidade do longo e brilhante caracol violeta, balançando sobre a queda aparentemente infinita. Desviou o olhar para encarar uma criatura enorme, rugosa e apenas vagamente humanoide sentada na beirada de outro precipício a cinquenta metros dali, balançando suas horríveis pernas e segurando o que parecia ser uma vara de pescar.

Agora, estava puxando Laureline, esticando a poderosa mão para segurá-la como uma boneca. Ele urrou de alegria ao exibi-la para seus compatriotas que também pescavam no cânion, e todos soltaram gritinhos de admiração.

Valerian puxou a arma e mirou, então percebeu que, se matasse a criatura, ela soltaria a vara e... Laureline. Ele xingou e respirou fundo.

— Não custa tentar — murmurou.

Valerian guardou a arma e pulou no vazio tentando pegar uma borboleta.

Suas mãos se fecharam em uma.

Por favor, não seja real. Por favor, não seja real.

Não era, o que significava que ele não estava prestes a mergulhar para a morte depois de pular para se agarrar a um simples inseto.

A isca enrolou seu "rabo" com firmeza em seu pulso e Valerian foi puxado para cima tão rápido que mal conseguia respirar. Ele foi arremessado até poucos passos de uma criatura horrenda — uma espécie de sapo cuja boca curvada se abriu em um guincho de perfurar os tímpanos que só podia ser de alegria. Olhos vermelhos, brilhantes e de pupilas fendidas mal podiam ser discernidos enquanto o boulan-bathor de dois metros e meio piscava rapidamente diante de sua melhor pesca do dia.

Ele deixou Valerian no chão e tentou recolhê-lo com uma rede. Valerian deu um sorrisinho para ele e apontou a arma.

— Desculpe — gritou ele antes de atirar —, mas não sou comestível!

O agente deixou para trás o corpo sem cabeça de seu gigante captor e correu atrás de Laureline. Parecia que o pescador tinha se dado por satisfeito com aquela presa. Colocara nas costas uma cesta grande e circular que parecia ser feita de fios de metal trançados e se dirigia ao grande portão que dava para o palácio dos boulan-bathors. Valerian conseguiu ver Laureline de relance na cesta. Como esperado, estava gritando para seu sequestrador alienígena ao mesmo tempo em que tentava descobrir uma brecha na cesta em que estava aprisionada.

Valerian correu o mais rápido que podia, os músculos gritando, mas o pescador tinha partido antes, e suas pernas de sapo eram bem rápidas. A enorme porta de aço estava aberta para permitir sua passagem, e o agente derrapou até parar quando viu uma dúzia de guardas com lanças erguidas.

Ele virou bruscamente para a direita, escondendo-se atrás de uma rocha preta. Assistiu, nauseado, à entrada do pescador — e de Laureline — após o que a porta de aço se fechou, dando a terrível impressão de que jamais voltaria a se abrir.

Sua amada estava presa dentro do palácio dos boulan-bathors. E não havia nada que ele pudesse fazer.

CAPÍTULO 19

Okto-Bar não devia ter sentido tanto a morte do estranho alienígena quanto o fez, mas não pôde fazer nada quanto a isso. Sentia uma tristeza enorme, ainda que a emoção fosse contra todo o pensamento racional. Como alguém poderia lamentar a morte de um ser que nem conhecia — especialmente de uma raça que tinha se mostrado agressiva?

Nos ajude, tinha suplicado.

Estranhamente, Okto-Bar queria ajudar. Começaria descobrindo o que pudesse sobre o lindo e delicado alienígena, cujo povo, como a agente Laureline apontou, tinha conseguido atacar um salão cheio de gente sem machucar ninguém.

Inimigos peculiares. Ele suspirou e perguntou para Neza:

— Você fez uma busca de DNA?

— Sim — respondeu o sargento —, mas não corresponde a nenhum dos milhões de espécies no nosso banco de dados.

Okto-Bar não conseguia acreditar.

— Como isso é possível?

— Há algumas possibilidades — explicou Neza. — Ou ele pertencia a uma espécie completamente desconhecida ou... — Ele deixou a frase no ar.

— Ou? — perguntou Okto-Bar.

— Ou sua espécie foi deliberadamente apagada do banco de dados.

Eles ficaram olhando um para o outro. Não cabia a Neza sugerir hipóteses ao seu superior sem que ele pedisse, e Okto-Bar não queria dar voz a nenhuma das teorias cada vez mais estranhas que surgiam em sua mente naquele momento. Voltou a afundar na cadeira, tentando, sem sucesso, usar os fatos para chegar a uma conclusão que não fosse ridícula. Olhava para as telas multicoloridas sem realmente vê-las.

Quem eram aqueles alienígenas peculiares que tinham sequestrado o comandante Filitt? Por que não havia registro deles?

O sargento Neza falou, interrompendo seus devaneios:

— General, o major reapareceu! Na beirada da zona vermelha.

Okto-Bar levantou-se de imediato.

— Excelente. Em que distrito ele está?

As faces do sargento ficaram vermelhas quando ele respondeu:

— Hã… no Beco do Paraíso, senhor.

Beco do Paraíso?

— O que ele está fazendo lá? — perguntou Okto-Bar.

O sargento enrubesceu ainda mais.

— Não tenho ideia, senhor.

— Bem — disse o general com mais aspereza que o normal, para esconder sua surpresa —, mande todas as unidades para o setor.

Toda noite era agitada para a polícia no Beco do Paraíso. Aquela não seria diferente. Um oficial olhou para uma tela presa ao seu pulso.

A imagem de um jovem com cabelo escuro apareceu na tela. O policial assentiu; alguém estava falando no seu ouvido.

— Entendido — disse ele, e começou a olhar em volta, então sentiu uma arma pressionada contra sua têmpora pelo mesmo jovem cuja imagem aparecera em seu pulso.

— Posso ajudar? — disse o policial com firmeza.

— Claro — garantiu Valerian. — Se mexa. Agora! Coloca sua arma no meu coldre.

O policial obedeceu.

— Obrigado — disse Valerian. — Agora fique quieto.

Ele disparou um raio de luz azul no pescoço do policial. O policial ficou congelado, transformado em estátua. Não iria a lugar algum nas próximas três horas, a menos que alguém aparecesse para reverter o efeito do imobilizador. Depois disso, voltaria ao normal sem a ajuda de ninguém.

Valerian apertou um botão na arma. Um pequeno escudo se ergueu sobre ela, deixando-a invisível para todos os propósitos e efeitos. Ele a enfiou na parte de trás da calça e se preparou para a provação que estava prestes a enfrentar.

Endireitando-se, ele entrou na rua principal, em meio à multidão de uma assombrosa variedade de raças exibindo seus encantos sob luzes brilhantes e coloridas, num lugar onde sempre era noite.

— Ei, bonitão. Quer se divertir?

A voz que disse aquilo era profunda e rouca, mas feminina. Os pelos no rosto da criatura eram claros e pareciam macios, escondendo dentes afiados.

— Hã, não, obrigado — balbuciou Valerian educadamente.

Afastando-se dela, ele colidiu com duas gêmeas loiras de pernas compridas, usando vestidos brancos.

— Olá — disseram elas em uníssono. — Duas por uma. Só hoje.

Uma garota vestindo poucas roupas se aproximou de Valerian balançando os quadris, sorrindo com doçura e servindo de desculpa para que se afastasse das gêmeas e de sua beleza pouco natural. Ela parecia perfeitamente humana até que a luz se refletiu nas finas asas presas aos seus ombros. Ela acenou com alegria e perguntou:

— Quer dar uma volta?

Uma mulher peituda com sapatos de bico fino, meias brancas, cintas-ligas, uma saia rodada e curta e um corpete apertado acenou com um lencinho para ele. Seu rosto redondo estava cheio de pó de arroz, e seu cabelo — que podia ou não ser peruca —, parecia se estender por mais de meio metro. Ela chamou em um francês arcaico:

— *Par ici, mon chéri*!

Valerian cobriu os olhos com as mãos.

— Não, obrigado!

Outra bela criatura se moveu para bloquear seu caminho. Seu corpo firme e tenso era coberto com penas azuis e verdes, belas e iridescentes. Seus dedos terminavam em garras afiadas, mas ela foi delicada e brincalhona quando pegou o queixo dele em suas mãos e abriu sua cauda como a de um pavão.

— Vem voar comigo! — sussurrou ela.

— Desculpe — disse Valerian. — Sou alérgico a penas.

Ele se afastou dela, procurando uma rota de fuga. Seus olhos encontraram a placa: PARA TODOS OS GOSTOS. SÓ HUMANOS.

— Saiam daqui, pervertidas! — disse uma voz masculina. — Você fez a escolha certa, soldado! Jolly vai garantir que você passe seu tempo com a melhor companhia que o Beco do Paraíso tem a oferecer.

Valerian virou-se para encarar um homem (provavelmente Jolly), inegavelmente humano e com uma aparência inegavelmente ridícula. Usava coturnos e calça camuflada. A jaqueta também parecia do Exército. O chapéu poderia ter pertencido a alguém da época conhecida como Velho Oeste. O sobretudo, porém, era um impressionante arco-íris de cores, das mangas azuis às listras verdes e às dragonas vermelhas, cobrindo uma camiseta preta e amarela. Óculos escuros, um cinto cheio de armas e o cavanhaque bem aparado completavam o visual bizarro.

O cafetão sorriu, revelando dentes retos e brancos conforme passava o braço no ombro de Valerian de maneira fraternal, levando o agente para dentro do estabelecimento de forma casual e deliberada.

— Estou dizendo, é o melhor clube em toda a estação espacial! — Ele bateu no ombro de Valerian. — Não saia daqui. Volto em um segundo.

Mas agora que tinha encontrado o lugar que estava procurando, o agente estava ansioso para conseguir o que queria.

— Estou procurando por algo bem especial…

Jolly ergueu os braços em um gesto expansivo.

— Não importa o que seja, eu tenho! Confie em mim. Vamos entrando.

Valerian hesitou.

— Hã… não estou muito certo quanto a isso.

Não dá para acreditar que estou aqui. Laureline ia me matar se soubesse. Com certeza não aceitaria se casar comigo.

Mas Valerian tinha procurando aquele lugar por causa dela. Se Laureline descobrisse, ele esperava que lhe desse a chance de se explicar antes de receber um chute na bunda.

— Então! — exclamou Jolly. — O que você está procurando. Diga.

— Uma glamopode.

— Ah! Você é um homem de sorte. Não apenas tenho uma, como é a melhor do universo.

Valerian deixou que Jolly o conduzisse para dentro, observado atentamente pelos dois seguranças ao lado da porta.

Ele esperava estar fazendo a coisa certa; e que Laureline ainda estivesse viva para ser resgatada.

Laureline esperava que Valerian estivesse certo.

Da última vez que o vira, estava sendo arrastada para cima em alta velocidade, e ele tinha dado um salto impossível, tentando agarrar uma falsa borboleta para chegar até ela. Mas os dois tinham se separado, e Laureline havia sido enfiada numa cesta e levada para o que parecia um palácio magnífico... habitado por sapos.

O lugar fora construído pelos boulan-bathors para eles mesmos, e em consequência tudo parecia grande demais para um humano. O pescador, imune aos discursos, súplicas e ameaças de Laureline, a levou até uma sala enorme ligada a um grande corredor de pedra. A cesta em que estava foi aberta e virada, de modo que a agente caiu de qualquer jeito em um tapete grosso e macio. Quando Laureline se levantou, a porta já tinha sido fechada e ela estava sozinha.

Era confortável o bastante, pensou a agente. Havia desenhos geométricos pintados no teto alto, fracamente iluminados pela luz difusa, e a parede era coberta de tapeçarias. No centro da sala, uma ânfora gigantesca liberava uma fumaça perfumada.

Tinha companhia. Inúmeras fêmeas boulan-bathors ocupavam a ampla sala, ocupadas em cortar e costurar. Laureline olhou para elas, nervosa, mas as costureiras conversavam e pareciam relaxadas. As cortinas nos fundos do cômodo se abriram, e outra fêmea, carregando uma cesta grande, entrou. Laureline concluiu que devia ser a supervisora ou alguém importante, porque sua chegada provocou uma série de acenos e reverências, seguida por um aumento na atividade.

A boulan-bathor tinha a mesma estrutura dos machos da sua espécie — grande e redonda, com um pescoço comprido e fino e uma cabeça pequena — e, como eles, usava uma tanga. Também tinha dois pares de taças de metal cobrindo modestamente seus quatro grandes seios e um chapéu de plumas vermelhas que se projetava de sua cabeça em uma desordem estilosa. Ela usava joias: enormes aros em volta de sua garganta magricela e anéis em dois dedos. Foi até Laureline torcendo os lábios no que parecia ser um sorriso, o que não necessariamente melhorava seu visual.

Laureline se endireitou em todo o seu um metro e setenta e cinco de altura, esticando o pescoço para encarar a enorme fêmea. O maldito Valerian estava com sua arma, mas ela ainda tinha sua identidade, a qual mostrou de imediato.

— Sou a agente Laureline e trabalho para o governo — disse, ríspida. — Se quiser evitar um incidente diplomático, sugiro que me liberte agora.

A boulan-bathor olhou para a humana, piscou seus olhos esbugalhados, assentiu e virou a lata que estava carregando no chão.

A agente do espaço-tempo olhou para o amontoado de tecido e percebeu que eram roupas humanas.

— Obrigada — disse ela —, mas não quero me trocar. Tenho que ir. Você me entende?

A boulan-bathor abriu outro sorriso pavoroso e assentiu de novo, as penas no topo de sua cabeça tremulando com o movimento. Ela parou, pegou um dos vestidos com seus dedos gordos e o ofereceu a Laureline.

A agente comprimiu os lábios.

— Não vou colocar esse vestido idiota! Chame seu chefe ou seu tradutor para que possamos nos comunicar.

A boulan-bathor sorriu pela terceira vez, e Laureline tentou não fazer uma careta diante daquela boca cheia de dentes horríveis e de tamanhos diferentes. A alienígena escolheu outro vestido e o ofereceu, inclinando a cabeça como quem faz uma pergunta. Laureline gostava daquele?

A agente estava cansada. Respirou fundo, colocou-se na ponta dos pés e gritou o mais alto que pôde na cara anfíbia.

A boulan-bathor recuou, assustada, agitando os braços. *Agora talvez ela vá buscar alguém que fale a minha língua*, pensou Laureline. Mas a fêmea só piscou enquanto parecia considerar algo. Então parou cara a cara com a agente, abriu a enorme boca e emitiu um urro inumano que fez o grito anterior de Laureline parecer o miado de um gatinho.

Com os ouvidos zumbindo, coberta de cuspe da cabeça aos pés, Laureline piscou.

— Tudo bem… Vou colocar o vestido.

O lado de dentro da boate era bem melhor do que Valerian esperava. Na verdade, ele não fazia ideia do que estava esperando.

Havia uma série de móveis grandes e acolchoados em tons quentes e escuros de veludo. Os quadros na parede retratavam — bem, certas atividades que Valerian não queria ver naquele momento. Inúmeras portas se alinhavam no longo corredor principal. Algumas estavam abertas; outras, fechadas.

Havia um balcão pequeno logo após a entrada, e Jolly se posicionou ao seu lado, com um sorriso largo, animado e artificial no rosto.

— É aqui que você vai deixar suas coisas, cowboy — disse ele.

— Prefiro ficar com elas — explicou Valerian. — Estou a serviço.

O sorriso fixo de Jolly pareceu bem menos animado.

— Regras são regras, soldado! Aqui fazemos *amor*, não guerra.

Valerian pensou a respeito. Com muita relutância, entregou a arma que tinha pegado do policial.

— Assim é melhor! Uma coisa a menos para tirar. Se é que você me entende.

— Hum — disse Valerian.

Jolly o conduziu pelo cotovelo. Valerian tinha que se esforçar para não puxar o braço. O cafetão atravessou um dos corredores com ele até um antigo auditório, pequeno, mas aconchegante, com inúmeros assentos na plateia. No palco iluminado por holofotes pequenos, cortinas grossas de veludo preto estavam fechadas sobre o tablado. Um piano antiquado ficava situado em outra plataforma, ao lado. Jolly conduziu Valerian até seu assento e fez com que se sentasse.

— Escute — disse Valerian, levantando-se de imediato —, vamos fazer um acordo...

— Falamos de dinheiro depois, soldado. Agora, vamos tratar do seu prazer. — Ele forçou Valerian a sentar de novo e ergueu as sobrancelhas. — De que tipo de música gosta? Tecno? Macro? Bio? Nano?

— Hã, sou mais retrô.

Jolly pareceu encantado.

— Ah, muito bem, meu amigo! As velhas e boas! Agora, relaxe... e aproveite o show!

Ele foi até o piano, sentou na banqueta, estalou os dedos e começou a tocar. Valerian ficou surpreso e impressionado. Cafetões não tinham habilidades ou talentos além da intimidação, mas aquele parecia ser uma exceção.

As luzes diminuíram e a cortina se abriu para revelar a silhueta deslumbrante de uma mulher. Ela estava de pé, perfeitamente imóvel, com os tornozelos cruzados, uma mão apoiada em uma bengala e a outra na aba do pequeno chapéu-coco empoleirado em sua cabeça. A mulher começou a dançar, os pés voando em passadas rápidas, a bengala sendo passada de uma perna para a outra, uma maravilhosa forma se movimentando de maneira bela e fluida.

E então o holofote foi aceso, e Valerian tomou um susto.

CAPÍTULO 20

A dançarina tinha a pele morena e lisa, e usava um colete preto cintilante sobre uma segunda pele. Suas pernas eram compridas e definidas, e seus olhos castanhos hipnotizantes pareciam saber os segredos mais profundos da alma de Valerian.

A bengala desapareceu, dissolvendo-se em sua mão, que ela usou para tirar o pequeno chapéu. O cabelo preto se transformou em loiro pálido, cascateando sobre seus ombros, e o colete se tornou um vestido branco e acinturado de paetê conforme ela andava pelo palco lambendo os lábios.

O agente não conseguia tirar os olhos da mulher e se remexeu desconfortavelmente na poltrona. Ela se deslocava pelo palco como se este lhe pertencesse, jogando o cabelo loiro e acetinado para trás enquanto os paetês em seu vestido cintilavam e brilhavam.

Um mastro surgiu do chão, e a dançarina pulou nele, seus braços fortes e suas pernas compridas a impulsionando em uma sequência acrobática quase toda no ar. A loira sensual tinha sumido, e de repente ela estava vestida da cabeça aos pés em couro preto — com orelhas de gato pontudas e um rabo que servia como chicote. Então, em um piscar de olhos, ela tinha marias-chiquinhas e estava de uniforme escolar em uma forma definitivamente adulta.

A "colegial" risonha foi substituída por uma dançarina dinâmica, com músculos torneados e pele morena que brilhava conforme se movia com passos poderosos e fortes, jogando a cabeça para trás, perdida no êxtase do ritmo antigo. Ela estava descalça, e de repente de patins. Valerian piscou, assombrado com a perspectiva de alguém dançar de patins, mas foi o que ela fez, girando em seus shorts justos, bustiê e meias listradas até os joelhos.

Seu coração foi parar na garganta quando ela deu um mortal no ar e se transformou em uma empregada com saia preta curta, avental branco e espanador. Piscando um olho, a empregada usou o espanador como uma varinha, balançando-a na direção de Valerian antes de saltar, girar e aterrissar novamente como a dançarina de cabaré de pele morena com a bengala e o chapéu.

Ela tirou o chapéu para ele e sorriu. Não estava nem com a respiração acelerada. O cafetão piscou, fechou o piano e deixou o auditório discretamente.

— Então — ronronou a dançarina, andando lentamente em sua direção e colocando um pé na cadeira, ao lado da coxa de Valerian —, o que vai ser, soldado?

— Olha — gaguejou ele, tentando desesperadamente pôr ordem no tumulto de suas sensações —, isso tudo é muito legal e tal, mas não é exatamente o que estou procurando agora.

Ela estendeu um dedo e levantou o queixo dele.

— Tenho *muito mais* para mostrar. É só me dizer o que tem em mente.

Valerian se inclinou para trás, tentando colocar alguma distância entre os dois.

— Tenho muita coisa em mente, mas estou sem tempo. Vou ter que recusar.

Os olhos da mulher se arregalaram quando ela recolheu a perna e ficou de pé diante dele. A bengala e o chapéu desapareceram e sua respiração acelerou. Lágrimas se acumularam em seus olhos grandes e ela começou a tremer.

— Você... não gostou da minha apresentação?

— Não! — Valerian levantou-se, temendo tê-la deixado chateada. Não era aquilo que ele queria dizer. Infelizmente, a negação só pareceu devastá-la ainda mais. — Quer dizer, sim! — Valerian se corrigiu, desesperado para consertar tudo. — Eu adorei, de verdade! Você foi incrível!

Aquilo era a mais pura verdade. Ele nunca tinha visto a apresentação de uma glamopode.

Valerian se acalmou um pouco quando um sorriso orgulhoso e tímido surgiu nos lábios carnudos dela.

— Comecei bem nova e estudei nas melhores escolas. Posso ser qualquer pessoa ou qualquer coisa.

Uma variedade de cenários extremamente embaraçosos tomou conta da mente de Valerian.

— Eu... hã... tenho certeza disso.

— Bem — ela emendou, sem enxergar ou ignorando seu desconforto —, a não ser por Nefertiti. Ainda estou trabalhando nela. Não está pronta para o público ainda. Mas em breve! — Ela olhou para ele, pensando. — Me deixa adivinhar. Você é do tipo clássico, estou certa? Sei Shakespeare de cor, se quiser. Também posso recitar a obra completa de Molière. Talvez poesia. Você gosta?

Ela diminuiu a distância já curta entre os dois e enlaçou o pescoço de Valerian com seus braços delicados.

— Hã, claro — gaguejou o agente.

— Rimbaud? Keats? Verlaine?

Valerian estava perdido. Não sabia nada de poesia.

— Escolha difícil.

Valerian estava com a boca completamente seca e não conseguia parar de olhar para as piscinas escuras que eram os olhos da mulher.

Ela acariciou sua nuca, depois cravou os dedos nela, as unhas pintadas pressionando sua pele.

— Tenho medo de um beijo, como o beijo da abelha. — Ela começou a citar em um sussurro. — Sofro assim, e acordo sem parar.

E então, despertando uma cascata de emoções em Valerian, ela se transformou em Laureline.

— Tenho medo de um beijo — sussurrou ela.

Valerian ficou olhando para ela, embasbacado. Como a mulher sabia? Era Laureline, até o último fio de cabelo loiro, a curva da boca, o cheiro inconfundível e único.

E ela estava em seus braços. Ela o queria, solícita, seus lábios próximos, seus olhos azuis enormes. Tudo o que ele tinha que fazer era inclinar a cabeça, colocar seus braços em volta dela e puxá-la para si.

Valerian levantou uma mão e a abaixou logo em seguida. Então, em um movimento discreto, apertou o botão da arma para que ficasse visível e a pressionou contra as têmporas de "Laureline". Os olhos azuis se arregalaram ainda mais em choque.

— E se eu disser a você o que realmente tenho em mente? — disse ele em uma voz fria e quase cruel.

A falsa Laureline recuou de medo e começou a gritar. Sua forma mudou de novo, mas, dessa vez, não para a de uma linda mulher. Ela se transformou em uma massa azul translúcida e gelatinosa. Três braços sem ossos com três dedos cada ondulavam, e dois grandes olhos, ligeiramente mais azuis que o resto do corpo da criatura, piscavam sem parar. Em seu medo, a glamopode tinha voltado à forma original.

— Ei! — disse Valerian. — Pare de gritar!

Mas era tarde demais. Jolly entrou e compreendeu a situação de imediato, seus olhos indo direto para a arma na mão de Valerian.

— Eu disse nada de armas! — gritou ele, sacando a sua.

Valerian conseguiu disparar dois tiros antes do cafetão. Ele virou-se para a glamopode e se viu encarando o rosto raivoso do ministro da Defesa.

— Major Valerian — disse o "ministro" —, aconselho você a abaixar essa arma agora!

Mas o agente estava cansado desses joguinhos. A apresentação tinha acabado. Aquilo havia acontecido no momento em que a criatura escolhera assumir a forma de Laureline.

Ele apontou para a glamopode.

— E eu aconselho você a se sentar.

Ela obedeceu, caindo em um dos assentos do auditório, e imediatamente se transformou em um garoto com cabelo preto e olhos azuis arregalados e cheios de lágrimas.

— Por favor! — Ele soluçava. — Não me machuque!

Valerian o encarou abismado e ligeiramente enjoado. Parecia que tinha levado um soco no estômago.

— O que é isso?

Mas ele sabia. Ele sabia.

O menino olhou para cima com olhos que Valerian reconheceu de imediato.

— Este é você com cinco anos. Não vai atirar em si mesmo, vai?

As emoções tomaram conta dele. *Cinco*. Era a idade que tinha quando perdera sua mãe e, com ela, grande parte de sua inocência. Quando horríveis revelações e realidades brutais o atingiram, dando origem à sua própria transformação — de Valentin Twain em Valerian e depois um agente despreocupado.

— Pare com isso! — rosnou ele.

A forma que a glamopode usava se encolheu, horrorizada, e Valerian respirou fundo.

— Volte ao normal, por favor.

— Tá — disse a criança com sua vozinha assustada.

O garoto que usava o rosto de Valerian foi absorvido pela massa gelatinosa e instável. Valerian estremeceu.

— Não esse normal! O outro. O primeiro. Com o chapéu.

Ansiosa para agradar, a glamopode obedeceu e se transformou na dançarina de cabaré com o figurino sexy de colete, segunda pele e chapéu-coco.

Aquilo tampouco ia funcionar. Valerian se forçou a ser paciente. Ela estava tentando cooperar.

— Você pode colocar uma roupa um pouco mais casual? Precisamos conversar.

O colete e a segunda pele se tornaram um tecido sólido e se espalharam, cobrindo o corpo inteiro. Ela deu um puxãozinho, e suas roupas se transformaram em um austero terno masculino.

Valerian suspirou de alívio.

— Obrigado — disse ele. — Muito bem. Qual é o seu nome?

Ela sorriu para Valerian.

— O nome que você quiser me dar, querido.

Ele ainda estava apontando a arma para ela e agora a sacudia com irritação.

— Não tenho tempo para isso... querida. Vamos, qual é o seu nome?

— Eles me chamam de Bolha — respondeu ela.

Valerian sentiu uma pontada repentina de culpa. Pensou se ela, ou qualquer um da sua espécie, teria um nome verdade, e se perguntou há quanto tempo ela trabalhava ali.

— Olha — disse ele —, eu perdi minha parceira, Bolha. Se você me ajudar por uma hora, posso libertá-la.

Valerian achou que ela ficaria feliz. Em vez disso, as palavras pareceram entristecê-la ainda mais.

— Para que serve a liberdade quando se é uma imigrante ilegal longe de casa?

— Eu trabalho para o governo — insistiu Valerian. — Você estaria fazendo algo muito útil para ele e para mim. Posso conseguir uma identidade para você. Prometo.

Bolha se contorceu no assento, parecendo incerta quanto ao que fazer. Parte de seu rosto e uma perna voltaram à forma azul e gelatinosa original, e um terceiro braço tentou se formar antes que ela recuperasse o foco e olhasse para Valerian.

— Você não entende — disse ela. — Se eu for embora, Jolly vai me matar.

Valerian olhou para a porta. Uma poça vermelha tinha se espalhado, e ele só conseguia ver um par de botas com o bico apontando para o teto.

— Jolly nunca mais vai matar ninguém.

Bolha seguiu seu olhar e seus olhos se arregalaram. Um toque de alegria e alívio surgiu em seus lindos traços, sem qualquer malícia. Ela voltou a olhar para Valerian.

— Você gostou mesmo da minha apresentação? — perguntou Bolha, hesitante, quase tímida.

Sua raiva se dissipou, e Valerian deu um sorriso genuíno.

— A melhor que já vi — disse ele, com sinceridade.

Bolha abriu um sorriso angelical. Ela olhou de novo para a porta e pareceu tomar uma decisão.

— O que você precisa que eu faça?

* * *

A noite estava até calma, e a dupla de seguranças na porta do clube de Jolly não vira muita ação, o que para eles era ótimo. Tinha havido um pequeno tumulto mais cedo, quando alguém encontrara um policial que aparentemente tinha sido transformado em pedra. Ou talvez fosse só uma estátua colocada na rua para fazer graça. Independentemente disso, o policial-estátua agora estava usando um chapéu enorme, óculos de sol, barba, três echarpes e uma guirlanda de flores. Havia mensagens escritas nele em pelo menos quatro línguas diferentes. Aquilo era mais interessante que dar uma surra em alguém.

Os dois, no entanto, se endireitaram para parecer imponentes e assustadores quando seu chefe apareceu e olhou para os dois.

— Bem — disse o homem —, vou fazer um intervalo! — Ele sorriu, mostrando os dentes. — Vocês dois, mantenham os olhos no soldado lá dentro... Ele é bem esquisito...

— Certo, chefe — respondeu um dos seguranças. Seus olhos se arregalaram quando Jolly deu um tapinha em seu rosto e seguiu pela rua.

— Acha que ele está fumando aquele negócio que está rolando nos clubes? — murmurou um deles.

— Não tenho ideia — respondeu o outro —, mas isso foi esquisito.

— Certo, Bolha — disse Valerian. — Faça a gente sumir. É aqui.

Sua voz soava abafada, mas ela conseguia ouvi-lo.

— Uau, olha só esses portões — disse ela, admirada, a voz flutuando até ele.

— É, eles são grandes. Agora sai de cima de mim!

— Tá bom, tá bom, já vai — respondeu a glamopode.

Ele sentiu a pele gelatinosa e quente — *dava para chamar de pele?* — se recolher do seu rosto e do seu corpo enquanto ela se afastava. Valerian se sacudiu e respirou fundo o ar não tão limpo, mas ainda assim bem-vindo.

Parecia que o plano tinha funcionado. Bolha tinha expandido sua forma para engoli-lo, assumindo a forma de seu antigo e odiado empregador. Usando o rosto e o corpo de Jolly, eles tinham ido do Beco do Paraíso até o palácio. Então ela voltara à sua forma de dançarina de cabaré. Bolha tinha localizado uma área escondida do outro lado da praça e agora observava os enormes portões... e os guardas de patrulha bem em frente.

A entrada do palácio era feita da mesma rocha preta que compunha o cânion profundo do qual Valerian e Laureline tinham sido pescados. Os boulan-bathors eram contraditórios — horrendos, pelo menos aos olhos humanos, mas capazes de criar coisas maravilhosas. O palácio fazia jus ao nome, fileiras e mais fileiras de pilares esculpidos de maneira requintada e folhados a ouro erguendo-se ao céu.

Enormes lareiras faziam os pilares dourados brilharam, emitindo um calor intenso mesmo à distância. Degraus pretos e cinzelados levavam até o portão, e havia mais pilares no coração do palácio. Era quase avassalador... e certamente Bolha estava intimidada.

— Você quer entrar *lá*?

— Sim — respondeu Valerian —, mas estrangeiros não são permitidos. A única maneira de entrar é parecer um deles.

— Sim, mas... — Ela hesitou, então disse: — Nunca assumi a forma de um boulan-bathor.

Valerian pensou em dizer como ficava profundamente satisfeito por Bolha nunca ter tido um público que esperasse ver uma daquelas criaturas desajeitadas, mas preferiu seguir por outro caminho.

Ele apelou para o orgulho que tinha das próprias habilidades.

— Ei, você é uma artista ou não? — perguntou Valerian em tom de desafio.

— Sou, mas preciso de um tempo para entrar no papel — disse ela. — Para aprender o comportamento e os movimentos do personagem, e entender sua história. Quais são suas motivações? O que aconteceu no seu passado? Esse tipo de coisa. Então fazemos alguns testes, você me dá um retorno e...

Valerian conhecia os boulan-bathors melhor que a maioria das pessoas, mas não achava que compartilhar aquela informação com Bolha iria ajudá-la a ser mais autoconfiante ao desempenhar o papel. Provavelmente faria com que ela saísse correndo — o que, para falar a verdade, seria absolutamente normal. O que os dois estavam prestes a fazer não era. Mas Laureline estava lá dentro, e Valerian sabia o que devia estar enfrentando, então precisava dar um jeito de tirá-la dali.

— Um pouco de improvisação nunca fez mal a ninguém — afirmou Valerian.

Ele não estava morrendo de vontade de ser engolido novamente pela glamopode, mas o tempo estava passando. Laureline ainda estava no palácio e o comandante ainda estava desaparecido. Pensou na atuação recente de Bolha como Laureline e depois como ele próprio mais jovem; agora que a raiva tinha passado, precisava admitir que tinha sido um excelente trabalho.

— Anda logo!

Bolha suspirou.

— Tudo bem — disse ela, relutante. — Vire de costas!

Ela ficou atrás dele e estendeu o braço, envolvendo o corpo do agente. Por um segundo, descansou a cabeça em seu ombro, então rapidamente se deslocou.

Valerian se movia de um jeito estranho, usando a alienígena como uma espécie de capa. Ele olhou para o novo corpo enquanto Bolha lamentava:

— Não gostei! Essas garras... Eu deveria fazer a unha!

— Vamos — insistiu Valerian, e então os dois saíram do esconderijo e se dirigiram aos portões do palácio.

CAPÍTULO 21

A experiência estava sendo diferente do que fora andar com Bolha mimetizando Jolly. De dentro de seu disfarce, Valerian notou que eles estavam cambaleando. Devia dar a impressão de que a criatura que personificavam tinha bebido além da conta. Ele ficou pensando se boulan-bathors podiam ficar bêbados.

— Ei, o que você está fazendo? — perguntou ele.

— Me dá um segundo para pegar o jeito — respondeu Bolha, irritada.

— Mais rápido — cochichou ele, observando tudo através dela. — Está todo mundo olhando para a gente!

— Eu *disse* que precisava ensaiar!

Valerian observava ansioso enquanto eles se aproximavam do portão. Um dos guardas cutucou o outro, mas agora Bolha tinha conseguido dominar o andar estranho e cambaleante e estava se movimentando de maneira mais apropriada. O portão metálico gigante se abriu, permitindo que eles entrassem. Os guardas ficaram olhando desconfiados enquanto passavam, mas nada fizeram.

Valerian ousou acreditar que conseguiriam fazer aquilo.

— Muito melhor — disse ele para Bolha. — Você está ótima agora!

— É muito mais difícil do que fazer mulheres fatais — murmurou Bolha.

Os pensamentos de Valerian foram direto para a dançarina de cabaré, a criada, a colegial crescida.

E Laureline.

Laureline. Por favor, esteja bem.

— General Okto-Bar — disse Neza para seu comandante. — Recuperamos o rastro do major.

— Ah, excelente. E onde ele está?

A testa de Neza se franziu em preocupação.

— Em território boulan-bathor — disse ele.

Okto-Bar ergueu as sobrancelhas e foi olhar pessoalmente para o mapa.

— Tem certeza de que não é um erro?

— Absoluta, senhor. Ele está mesmo lá.

— Como isso é possível? — quis saber Okto-Bar. — *Ninguém* entra lá!

— E definitivamente ninguém sai.

Neza parecia tão preocupado quanto Okto-Bar. Naquele momento, a situação política entre a estação e os boulan-bathors era tensa. O imperador deles, Boulan III, havia proibido outras espécies de entrarem em seu setor. Os boatos eram de que sua esposa, Nopa, a Bela, era quem realmente detinha o poder, e que Boulan só se preocupava com o culto à própria personalidade e à próxima farta refeição.

— Vamos precisar de reforços — concluiu o general. — Ligue para o ministro.

— Sim, senhor.

A Criação, como Valerian tinha decidido chamar a compilação dele mesmo, de Bolha e do boulan-bathor que estavam fingindo ser, abriu seu pesado caminho por uma ampla cozinha. Era uma verdadeira câmara dos horrores, pensou Valerian.

Na parede estavam pendurados objetos que pareceriam mais adequados em uma armadura antiga — ou em uma câmara de tortura: facas, ferramentas de filetagem, ganchos, pequenos machados, serras —, tudo para transformar em comida a carne de seres grandes com peles resistentes. Ervas secas, frutas e pimentas também ficavam penduradas. Assim como peças de carne, crustáceos e peixes inteiros, com inúmeros tentáculos. Uma luz branca iluminava as mesas, e os "suprimentos" eram mantidos nos cantos até o momento da preparação. Havia uma variedade impressionante de criaturas armazenadas em tanques, jaulas ou suspensas do teto.

As mesas estavam cobertas com sangue e outros fluidos corporais. Em um ritmo incansável, dúzias de boulan-bathors — seus aventais brancos parecendo a tela medonha de algum pintor louco — pegavam a futura comida do tanque ou da jaula e a levavam, algumas vezes sob protestos, para a mesa onde lâminas enormes desciam ameaçadoramente, matando, destrinchando, fatiando, picando e fazendo filés. Pela primeira vez desde que tinha se unido a Bolha, Valerian estava grato pelo fato de estar com o nariz coberto e incapaz, portanto, de sentir qualquer cheiro. Ele não queria conhecer o odor da cozinha. Seu estômago já estava revirado o bastante.

— Cara, esse pessoal é bem ligado em comida, não? — observou Bolha.

— É — disse Valerian. — É uma questão cultural para eles. O mais poderoso tem direito a mais comida. Comer praticamente tudo é um símbolo de status.

— Posso perguntar o que estamos procurando? — murmurou Bolha.

— Minha esposa — respondeu Valerian.

— Ah, você é casado?

Ela parecia feliz por ele.

— Bem — corrigiu Valerian —, vou ser, assim que a encontrar.

— Entendi — disse Bolha, sábia. — Ela fugiu antes do casamento, né? Medo do compromisso?

— Algo assim.

— Talvez ela não ame você — comentou ela enquanto passavam por um chef boulan-bathor. Ele cortava um octópode que se remexia freneticamente, seus vários pedacinhos decepados ainda se contorcendo.

— Na verdade, ela é louca por mim — disse Valerian, aparentando uma confiança maior do que a que sentia.

— Como você sabe?

Um dos chefs gritou com outro. Ele passou um pacote que, quando aberto, pareceu a princípio uma fruta decorativa, mas, de perto, se notava que eram olhos.

— Ela está resistindo — disse Valerian. *Que nem eu, só que contra o impulso de vomitar. Em que tipo de situação Laureline se meteu?* — De que outra prova você precisa? — Enquanto passavam pela macabra cozinha, Valerian sussurrou: — Não toque em nada!

— E você? — perguntou Bolha. — Ama essa mulher?

O agente hesitou. Pensou no choque momentâneo quando Bolha tinha se transformado em Laureline. Lembrou de que não tinha sequer se sentido tentado a seduzir a ilusão. Não que a fantasia não fosse interessante, mas seu coração a recusou de imediato. Ele não queria apenas fazer amor com ela. Queria…

— Sim — disse Valerian. — Eu a amo.

— E a deixou ir embora?

Ele abriu a boca para negar vigorosamente. Afinal, não a tinha exatamente deixado: Laureline fora vítima de uma isca boulan-bathor e arrastada para longe dele em questão de segundos. Mas, de um modo literal, tinha sim deixado que ela fosse. Havia feito aquilo toda vez que tivera um caso com uma "colega". Toda vez que fazia graça ao se declarar, pois o tom de brincadeira diminuía a seriedade daquilo que dizia.

Valerian a deixara partir em vez de guardá-la em seu coração.

E então, quase mais para si mesmo que para a glamopode, ele disse:

— Às vezes é preciso perder algo para lhe darmos o devido valor.

Uma forma surgiu abruptamente à sua frente, trazendo sua atenção de volta para o presente. Era um guarda gritando com a Criação. Corajosa, Bolha fez o melhor que pôde para responder. O guarda disse mais alguma coisa, depois puxou seu braço e os colocou em uma fila de boulan-bathors.

— Acho que ele quer que a gente se junte ao grupo — disse Valerian, enquanto Bolha, ligeiramente desequilibrada, se inclinava para a frente.

— Não tenho certeza de que seja uma boa ideia.

— Parece que não temos muita escolha.

— Bom, vamos tentar — sussurrou Bolha, entrando na fila.

Cada boulan-bathor recebeu uma enorme travessa na qual havia uma variedade de delícias: pedaços do que pareciam ser frutas e vegetais, ainda que nenhum que Valerian reconhecesse, cortados e dispostos em pequenas torres, faziam as vezes de aperitivos. Fatias de... algo... envolvidas em pele de água-viva e cobertas com um molho tão picante que fez os olhos de Valerian arderem mesmo sob a proteção de Bolha. Criaturas aquáticas, parte peixe e parte pesadelo, estavam esparramadas, com os olhos espetados por palitinhos.

Havia uma fila surpreendentemente grande de garçons se estendendo adiante e atrás da Criação. A princípio, Valerian imaginou que iam atender uma multidão faminta. As portas se abriram e, junto com o pequeno exército, eles levaram suas iguarias para um salão que fazia a vasta cozinha parecer um armário.

Os boulan-bathors podiam comer coisas grotescas, mas como o portão principal e agora o grande salão indicavam, deviam ter uma palavra em seu vocabulário para "pródigo". Era enorme, com mais de noventa metros de comprimento e pelo menos metade em altura e largura. O chão era intricadamente decorado — lajotas marrons cobertas por um carpete vermelho e amarelo tão comprido que Valerian não conseguia ver onde terminava. As paredes eram de um material mais claro, curvado e reforçado com grossas cintas de metal, abrindo-se para uma grande vista das estrelas e naves. Pilares gigantescos estavam distribuídos igualmente ao longo do salão... como os guardas, Valerian notou. Uma porção deles.

— O que está acontecendo? — perguntou Bolha, parecendo preocupada.

— Deve ser hora do almoço.

A voz de Bolha saiu quase como um soluço.

— Atender mesas é o pesadelo de todo artista. Não comente com ninguém que fiz isso, tá?

— Você deveria estar agradecendo por não sermos o prato principal! — sussurrou Valerian. — Pense nisso como um papel, não um trabalho. Você é uma garota sem sorte tentando finalmente se dar bem.

Bolha bufou.

— Eu sou corajosa?

— Claro — disse Valerian. — Você pode ser corajosa.

Eles tinham se afastado o bastante para que Valerian pudesse ver os seres comendo. Bem... *o ser* comendo. No fim do salão, em um trono enorme que parecia ter sido esculpido a partir de um único pedaço de pedra cinza e então adornado com intrincados arabescos dourados, estava um boulan-bathor com uma coroa na cabeça. Sua Majestade provava de todas as travessas que lhe eram oferecidas. Atrás dele havia uma janela circular com uma vista panorâmica incongruentemente bonita e ao seu lado havia um par de estátuas.

Valerian o identificou como o imperador Boulan III. Seus olhos eram grandes e vermelhos, e marcas escarlates tinham sido pintadas ou tatuadas em todo o seu corpo. Era ao mesmo tempo horrível e hipnotizante ver aquela boca se abrir e a comida desaparecer. Os poucos bocados que ele dispensava, o garçom jogava em um ralo perto do trono.

Ao seu lado, sua esposa, usando uma estranha coroa com penas vermelhas, aguardava ansiosamente o menor sinal de satisfação no rosto do marido.

Valerian sentiu que Bolha tremia enquanto se aproximavam.

— Tudo bem — garantiu ele. — O imperador vai comer e vamos poder voltar para a cozinha. Você vai conseguir.

Mas até ele se sentiu inquieto quando a Criação ficou frente a frente com o entediado Boulan III. Ele esticou a mão gigante, pegou a cabeça de alguma criatura infeliz da travessa, levou à boca e devorou em duas mordidas sangrentas.

— Vou vomitar! — sussurrou Bolha.

— Não — suplicou Valerian, desesperado. — Você vai esperar para fazer isso depois. Siga a fila.

A Criação entrou na longa fila voltando para a cozinha com a travessa vazia. A comida continuava vindo. Quando Valerian olhou em volta, sentiu o coração acelerar.

Laureline! Ela estava viva! E, aparentemente, trabalhando como garçonete.

Ela usava um vestido branco e longo com cauda, bem bonito, e um enorme chapéu branco horripilante: consistia em uma enorme aba com um buraco no centro, pelo qual saía seu cabelo loiro. A moda boulan-bathor nunca tomaria conta da galáxia.

Laureline segurava uma enorme travessa com frutas de todos os formatos, cores e sabores que, dada sua posição fechando a fila, provavelmente serviriam como uma sobremesa leve depois de uma refeição pesada. Era o único prato que Valerian tinha visto que parecia remotamente apetitoso.

O agente se sentiu tonto de alívio.

— Ali está ela — disse ele para Bolha.

— Uau — aprovou Bolha. — Você tem razão, ela é maravilhosa.

— Você já conhecia as feições dela.

Valerian ainda estava incomodado que Bolha tivesse assumido a forma de sua parceira antes.

— É, mas ser maravilhosa é muito mais do que apenas a aparência.

A glamopode deixava Valerian confuso. Às vezes ela era tão inocente e, bem, tola, e em outras tão estranhamente sábia. Ela estava certa, é claro. Valerian pensou no que mais amava em Laureline, e se surpreendeu ao descobrir que não era seu corpo gracioso ou suas belas feições. Era *ela*. Por isso Bolha não tinha conseguido seduzi-lo.

Ele conseguiria *sim* tirar os dois dali. E, com sorte, ela aceitaria seu pedido de casamento.

A fila em que Laureline estava se dirigia inexoravelmente ao imperador, cuja mulher se remexia ligeiramente em seu assento.

Valerian franziu a testa.

— Tem algo errado — disse ele ao observar a imperatriz, cujos olhos amarelos de sapo estavam cravados em Laureline.

O imperador seguiu o olhar da mulher e, de repente, se endireitou, muito interessado na garota branca carregando a travessa de frutas.

Ele já tinha lidado com humanos antes. Por que o interesse em Laureline? O que poderia haver de tão especial nela para um boulan-

-bathor? Valerian tentou lembrar tudo o que sabia sobre a espécie e sobre Boulan III em particular. Ele adorava viajar. Amava comer coisas únicas, diferentes, perfeitas…

— E se eu fizesse uma dancinha para servir de distração? — ofereceu Bolha.

— Não, obrigado — disse Valerian mais que depressa.

Laureline estava diante do imperador, que salivava. A imperatriz aplaudia entusiasmada. Boulan III pegou um grande pedaço de uma fruta suculenta da travessa, mas, em vez de colocá-la na boca, ele a espremeu no topo da cabeça de Laureline.

Então Valerian se deu conta.

Laureline não estava servindo a sobremesa. Ela era *a sobremesa… e o chapéu era uma travessa!*

O imperador estendeu a mão para pegar uma pinça afiada. Uma gota de saliva enorme foi ao chão.

CAPÍTULO 22

Quando Valerian abriu a boca para avisá-la, Laureline já havia percebido o que estava acontecendo. Ela atirou a travessa no imperador e correu, mas foi pega por um dos guardas. Gritando e chutando, ela tentou se soltar, mas eles eram fortes e grandes demais. O imperador grunhiu sua apreciação quando a sobremesa desobediente lhe foi devolvida.

— Acho que devemos ir! — disse Bolha com a voz aguda.

— Acho que você pode me deixar cuidar disso! — gritou Valerian de volta.

— Tá!

— Valerian! — gritou Laureline, ainda se contorcendo nas mãos dos dois guardas.

Mesmo diante da seriedade do momento, a respiração e o coração de Valerian fraquejaram. Lá estava Laureline, encarando a morte certa, e ainda assim ela acreditava que, de alguma forma, ele iria encontrá-la.

E era verdade.

— Estou aqui, Laureline! — gritou ele, apesar do nó na garganta. — Sou eu, Valerian!

Bolha tinha de fato passado todo o controle motor para ele. Valerian começou a correr na direção dos dois guardas. O primeiro tentou acertá-lo com uma espada enorme. O agente se desviou do golpe arrebatador, abaixou e agarrou a espada do segundo guarda. Antes que pudessem reagir, Valerian acertou o segundo com sua própria arma, virou-se e acertou a lâmina ensanguentada na enorme barriga do primeiro. Os dois caíram, e Laureline estava livre.

Valerian esperava desviar a atenção do imperador da sobremesa, e conseguiu. Seus olhos vermelhos estavam firmes nele agora. *Bom*, pensou o agente. *Olha só isso.*

Graças ao talento de Bolha, Valerian tinha a forma e a força de um boulan-bathor, mas mantinha sua velocidade e agilidade. O resultado, ele tinha certeza, ia entrar para a história da espécie. Ele rugiu com a voz de um boulan-bathor enquanto corria na direção de mais guardas, a espada brilhando ao cortar braços, cabeças de longos pescoços e barrigas inchadas. O fato de os guardas não parecerem dispor de muita armadura — ou muita roupa, na verdade — só facilitava as coisas. Eles sabiam usar suas armas, mas Valerian parecia ser rápido o bastante para se desviar dos seus golpes sem se machucar.

Mais guardas se colocaram no caminho dele, tentando proteger o imperador. Valerian golpeou, esquivou-se e seguiu em frente, escalando os corpos que começavam a se amontoar no chão. A imperatriz estava prestes a fugir, mas o imperador continuava berrando e apontando, os olhos vermelhos fixos em Valerian.

O agente gritou, deu um salto e apontou a espada.

O imperador continuou sentado e imóvel. A única coisa que se movia era o topo de sua cabeça, logo abaixo da coroa, que se deslocou e depois caiu.

A multidão se sobressaltou. O imperador Boulan III estava morto.

Laureline estava encolhida no chão ao lado do trono, tentando se manter a salvo em meio às lâminas cortantes e aos corpos caindo. Ofegando de cansaço, Valerian gritou para ela.

— Laureline!

Assustada, ela olhou para o companheiro. Valerian foi até Laureline, pegou seu braço com uma das mãos e tentou tirar o horrível chapéu-travessa com a outra. Ela tentou se soltar, e Valerian se deu conta de que parecia com qualquer outro boulan-bathor — louco o bastante para atacar um salão cheio de guardas e matar o imperador.

— Bolha — gritou ele —, sai de cima de mim!

Ela obedeceu, voltando à sua forma gelatinosa original. Os olhos de Laureline foram da alienígena azul para seu parceiro.

Valerian não conseguiu resistir.

— Vamos casar agora — disse ele. — Você já está de branco.

Seus lindos olhos se estreitaram e seus lábios perfeitos, com um rosnado, revelaram uma fileira de dentes brancos. Quando se deu conta, Valerian tinha levado um belo soco na cara.

Piscando, o agente ficou olhando para sua parceira, incrédulo, e então ela jogou seus braços em volta dele. Quando o soltou, Laureline estava sorrindo e seus olhos brilhavam. Valerian se inclinou para beijá-la, mas, como já tinha feito outras vezes, ela levantou um dedo e impediu que seus lábios se tocassem. Valerian franziu a testa, sem entender. Com o mesmo dedo, ela apontou para algo atrás dele.

Ele seguiu seu olhar.

Todos os guardas que restavam no salão — e eram muitos — estavam se aproximando, gritando com toda a força dos pulmões e empunhando armas.

Valerian pegou a mão de Laureline e gritou:

— Bolha! Vamos!

Os três começaram a correr na direção da cozinha. Uma dúzia de guerreiros grunhindo, armados com lanças e piques, apressaram-se para bloquear o caminho. O trio parou. Valerian desesperadamente procurou uma saída, mas só viu o espaço ao redor. Não tinham para onde fugir. Ou tinham?

— De volta ao salão do trono! — gritou ele.

— Você está louco? — retrucou Laureline.

Valerian não respondeu, mas era a única chance que tinham. Ele apertou a mão dela e os dois se apressaram pelo mesmo caminho por onde tinham vindo, com Bolha em seu encalço. Era uma ideia tão suicida que pegou os guardas de surpresa, de modo que seu caminho estava livre.

Valerian foi direto para um lado do trono. A imperatriz não estava por perto, e não havia necessidade de os guardas protegerem o corpo do imperador morto. Lá estava, como esperado.

O ralo.

Ele caiu de joelhos e, com a ajuda de Laureline e Bolha, conseguiu tirar a grade.

Os guardas de aproximavam, aos berros.

— Andem! — gritou Valerian para as duas.

E então elas escorregam para... o que quer que as esperasse lá embaixo. Tinha que ser melhor do que o que vinha correndo em sua direção lá em cima, com as bocas emitindo gritos horríveis e as armas reluzindo.

Estavam a três passos de distância quando Valerian se jogou também.

— O terceiro regimento está se aproximando, senhor — disse o sargento Neza.

Okto-Bar andava para lá e para cá, mas parou para olhar para a tela a tempo de ver três enormes naves se materializarem no exoespaço.

— Nenhuma notícia dos nossos agentes? — perguntou ele, ainda que soubesse a resposta. Neza o teria informado de imediato.

— Não.

A testa de Okto-Bar se franziu ainda mais. Dois humanos na área boulan-bathor da estação, e nenhuma novidade. As chances de sobrevivência não eram altas.

Ele pensou nas últimas palavras do alienígena que tinham encontrado na sala de interrogatório, quando perguntado por que sua espécie tinha atacado a estação.

Vocês têm algo de que precisamos.

Se fosse verdade, por que os alienígenas não estavam se comunicando com eles?

— E o comandante? Nenhuma exigência para o resgate?

Como podemos ajudar, se não sabemos o que vocês querem?, pensou Okto-Bar, desesperado.

— Negativo — respondeu Neza. — O ministro está aguardando, senhor.

— Pode transferir — disse Okto-Bar, endireitando-se e arrumando o casaco.

O ministro da Defesa apareceu na tela.

— Meus respeitos, ministro — disse Okto-Bar.

— General, o conselho decidiu que você vai assumir o comando da operação. Parabéns — disse a imagem do ministro.

Em qualquer outra situação, aquele seria um momento de satisfação para Okto-Bar. Ele tinha servido com firmeza e discrição por anos, esforçando-se para atingir seu objetivo.

Mas, naquele momento, a tão esperada promoção tinha perdido parte do seu brilho por conta dos horrores que a permeavam.

— Obrigado, senhor. Para cumprir minha missão, vou precisar de acesso temporário a todas as informações e senhas do comandante Filitt.

O ministro pareceu incomodado e não respondeu de imediato. Por fim, disse:

— De acordo com as regras, isso é impossível sem a autorização dele.

— Sei disso, senhor, mas, enquanto conversamos, o comandante pode estar morto. Para ser bem-sucedido em minha missão, preciso saber *tudo*. É perigoso demais operar no escuro, dada a conjuntura.

De novo, o ministro hesitou. Nascido e criado como um militar, Okto-Bar compreendia e era sensível ao dilema do outro homem. Mas também tinha certeza de que estava com a razão.

Então, finalmente, o ministro disse:

— Acesso concedido.

— Obrigado, senhor — respondeu Okto-Bar, aliviado.

O rosto do ministro desapareceu da tela.

— Autorize a aterrissagem — disse Okto-Bar para seu capitão.

— Sim, senhor — respondeu o subalterno, obedecendo de imediato.

Okto-Bar respirou profundamente. Ao longo dos anos, tinha aprendido a confiar em seus instintos, e agora eles lhe diziam que havia forças obscuras agindo, coisas de que talvez depois desejasse não ter tido conhecimento.

Mas ele não podia se dar a esse luxo, então pôs a mão no escâner.

— Quero ver os arquivos da operação Mül.

— Pedido autorizado.

Documentos surgiram na tela. Okto-Bar absorvia toda a informação que passava. Era uma lista de centenas de naves, com número de identificação e poder de fogo. Era o exército que a humanidade tinha enfrentado em um dos piores confrontos da sua história: a guerra contra os territórios do sul. Em grande parte, era por causa desse conflito, com seus anos de violência e perdas astronômicas de ambos os lados, que a humanidade tinha se dedicado firmemente a encontrar a paz.

Paz comprada com sangue, Okto-Bar se lembrava de ouvir o pai falar. Ele continuou a ler a lista de naves e seus capitães.

Mas a falta de uma informação lhe chamou a atenção.

— Quem estava no comando da operação? — perguntou Okto-Bar ao computador.

Uma mensagem surgiu na tela: INFORMAÇÃO INDISPONÍVEL.

Ele franziu a testa. Não gostava de mistérios ou quebra-cabeças. Muito menos de coisas que pareciam não fazer sentido.

E aquilo não cheirava nada bem.

Eles caíram mais de dez metros, mas aterrissaram em um lugar seguro, ainda que fedido. Valerian tinha notado que os garçons boulan-bathors jogavam as sobras de comida por aquele ralo ao lado do trono do imperador, e o lugar era de fato uma enorme lixeira. Valerian não queria pensar sobre o que poderia estar compondo — ou decompondo — a orquestra de odores que agredia suas narinas.

Acima, os guardas gritavam, raivosos e frustrados.

— São grandes demais para passar — garantiu Valerian a suas companheiras.

— Eles vão dar um jeito de chegar até aqui. Estamos presos! — disse Laureline.

— Não estamos, não — retrucou o agente. — Deve ter um jeito de esvaziar a lixeira, então precisa haver uma porta em algum lugar.

Eles olharam um para o outro, então para as carcaças, frutas podres e outros detritos fétidos empilhados sob seus pés.

De repente, estavam caindo de novo, dessa vez com todo o lixo à sua volta cobrindo suas cabeças. Sem fôlego, eles tentaram desesperadamente se arrastar até a parte de cima, onde podiam respirar. Valerian olhou para os lados, triunfante.

— Não falei que tinha uma porta?

Laureline levantou-se como podia, tirando uma espinha do tamanho da sua mão do cabelo.

— Você não estudou o plano antes de vir. Como sempre.

Quando terminou de se soltar, Laureline ficou cara a cara com um esqueleto humanoide. Ela piscou, engoliu em seco, deu uma olhada nas roupas que usava e começou a tirá-las. Valerian não achava que estavam menos sujas que o vestido dela.

— Você preferiria que eu tivesse chegado depois do evento principal? — perguntou Valerian, indicando o esqueleto.

Laureline suspirou.

— Eu preferiria que você me levasse a outro lugar que não uma lata de lixo gigante.

Ele franziu a testa.

— Se não fosse por mim, você não teria um cérebro agora!

De maneira inesperada, Laureline sorriu.

— Igualzinho a você.

— Ah, é? — gritou Valerian de volta. Ele estava começando a ficar realmente irritado. — E quem foi que teve a ideia brilhante de caçar borboletas perto dos cânions?

— E quem nem sabe dirigir um sky jet?

— E quem quase me matou porque não sabe ler números direito?

— Quem teria perdido um braço se eu não tivesse conseguido consertar um transmissor em menos de trinta segundos?

Valerian estava quase roxo de tanta indignação.

— Acabei de salvar sua vida e é assim que você me agradece?

— E eu salvei a sua, lembra? Meu cérebro quase foi sugado por uma água-viva para que eu pudesse encontrar você!

— Bem, parece que você estava louca para perder o cérebro mesmo! — exclamou Valerian.

— Ei... pessoal? — Bolha chamou com sua voz suave.

Os dois brigões viraram e gritaram em uníssono:

— Que foi?!

— Não estou me sentindo muito bem…

A raiva de Valerian desapareceu, substituída pela preocupação. Bolha tinha voltado a assumir uma forma humana, mas não completamente. Em vez do azul frio que ele lembrava ser sua cor natural, ela estava no mesmo tom roxo de um hematoma. Bolha levantou um rosto sem feições para Valerian enquanto ele percorria o lixo para ver onde ela tinha aterrissado.

— O que aconteceu? — perguntou ele, preocupado.

— Devo ter me machucado na luta.

Sua voz estava fraca, e enquanto falava seu corpo passou de roxo a vermelho. Bolha se esticou e estremeceu, e por um momento as feições da dançarina de cabaré passaram pela tela em branco que era seu rosto.

O combate… Valerian tinha lutado como um louco, certo de que as lâminas dos guardas nem o estavam tocando por ele ser tão habilidoso. Claro que as armas não *o* acertavam, Bolha o protegera com o próprio corpo, levando os golpes que eram destinados a ele. Valerian nem tinha pensado nela; estava ocupado demais sendo o cabeça-dura impulsivo de sempre. E agora…

— Bolha — murmurou ele. — Não, não… Sinto muito. Me diga o que fazer!

A fenda que era sua boca se curvou para cima, em uma tentativa fracassada de sorriso que partiu seu coração.

— Não há muito que você possa fazer. Mas tudo bem. De onde eu venho, a morte é menos dolorosa que a vida.

Aquelas palavras cortaram como uma faca.

— Não diga isso!

Bolha abriu um sorriso fraco.

— Infelizmente, é verdade. A vida é uma droga quando você não tem uma identidade própria.

Surpreso, Valerian sorriu para Bolha. Ele a embalou em seus braços com toda a ternura.

— Mas você tem uma identidade. É uma heroína. E, mais que isso, é a maior artista que eu já vi.

Os olhos vazios dela se encheram de lágrimas escarlates.

— Obrigada. Foi um prazer representar para você. Um... último papel...

Seu rosto se contorceu com o esforço. Então, de repente, sua pele brilhou, o vermelho se transformando em tecido branco, joias de ouro, pele lisa e morena, cabelo preto liso. Os olhos pintados com linhas pretas grossas se enrugaram em um sorriso.

Nefertiti.

— Deixo meu reino a você — disse ela com uma voz sonora e forte, ainda que seu corpo inteiro estivesse morrendo. — Tome conta dele.

— Pode contar comigo — prometeu Valerian solenemente.

Apesar da dor, Bolha continuava lutando para falar.

— E o mais importante...

— Sim?

A rainha do Egito — ou a glamopode de coração grande, que era ainda mais importante para Valerian — estendeu um dos braços na direção de Laureline, que estava a alguns passos de distância, em silêncio e com os olhos arregalados.

— Tome conta *dela*. Ame-a sem restrições. — Bolha sorriu gentilmente. — "É pobre o amor que pode ser medido."

Bolha fechou os olhos e afundou nos braços de Valerian. Enquanto ele a segurava e observava num silêncio respeitoso, o corpo da glamopode começou a se solidificar até se tornar pedra — uma estátua de Nefertiti. Então, por fim, ela se transformou em areia, escorrendo pelos braços de Valerian até que nada mais restasse.

O agente ficou olhando para a pilha de areia, sentindo-se sozinho e perdido. Alguém tocou seu ombro e, ao olhar para cima, viu que Laureline o encarava com os olhos brilhantes cheios de lágrimas.

Os olhos de Valerian também ficaram úmidos quando ele se levantou e segurou a mão dela.

CAPÍTULO 23

O general Okto-Bar estava diante do painel de controle. Seus olhos estavam nas naves que se reuniam preparando-se para... o quê? Guerra? Evacuação? Quanto mais fatos conhecia, mais nebuloso o todo se tornava.

O sargento Neza se colocou ao seu lado.

— Todas as naves aterrissaram, general — informou ele.

Okto-Bar olhou para o mapa. Não havia sinal de seus agentes. Mas a mancha vermelha no centro da estação tinha aumentado.

— Quero a seção um em operação agora — ordenou Okto-Bar.

— Sim, senhor.

— Muito bem. — Seus olhos se dirigiram para a porta e para o enorme robô de metal preto sem feições que estava ali. — O que esse K-TRON está fazendo aqui?

— Seguindo as ordens do comandante Filitt — respondeu Neza. — Ele os programou pessoalmente, portanto é o único que pode desativá-los.

O que será que Filitt os programou para fazer, caso morresse?, pensou Okto-Bar, mas não o disse em voz alta. O general olhou para o robô. Suportava o escrutínio com o mesmo silêncio estoico de sempre.

— Então estamos presos com eles até encontrarmos seu comandante?

— Não, senhor, de modo algum. Assim que escolher a seção para executar a operação, o K-TRON vai prestar sua assistência no local.

— Ótimo — disse o general. — É tudo de que precisamos.

* * *

Valerian e Laureline seguiram um caminho que ficava cada vez mais estreito e rochoso, como se estivessem se dirigindo ao centro do planeta. Eles se moviam firmes e vivazes, mas uma sombra marcava seus passos. Tinha acontecido tanta coisa em tão pouco tempo, e eles estavam longe de descobrir o que tinha acontecido com o comandante Filitt ou quem eram os misteriosos alienígenas que o sequestraram, incluindo aquele que Valerian sabia já ter visto antes. Eles não conversaram muito desde… desde Bolha.

Quando passaram pelos destroços de uma nave, Laureline perguntou:

— Você sabe para onde estamos indo?

— Claro. Quer dizer, acho que sim… — respondeu ele, franzindo a testa.

— Você sabe ou acha que sabe?

Ele soltou um gemido exasperado e olhou para ela.

— Não me pergunte como, mas a princesa, aquela do meu sonho… está me guiando.

— A princesa está *guiando* você?

Valerian fez uma careta.

— Sei que parece estranho, mas… é como se ela estivesse comigo o tempo todo.

Laureline parou.

— Espera um minuto — disse ela. — Você está querendo dizer que… tem uma mulher dentro da sua cabeça? Desde o começo da missão?

Valerian suspirou. A coisa toda o deixava incomodado e confiante de uma maneira que ele mal era capaz de explicar.

— Laureline, podemos seguir em frente e deixar isso para depois?

— Claro — disse ela, depois sufocou um sorriso travesso enquanto estendia o braço indicando que ele podia passar à sua frente. — Primeiro as damas.

— Muito engraçado — retrucou ele, sem achar graça.

E passou na frente.

* * *

O capitão Kris era o líder da seção um. Com quarenta anos, seu rosto cheio de cicatrizes era testemunha silenciosa da quantidade de batalhas que vira. Sentia-se honrado por sua unidade ter sido escolhida para liderar a missão de se infiltrar no centro da estação e recuperar Arun Filitt. A nave aterrissou na estação, e a porta de aço se abriu. Sob as ordens de seu capitão, dezenas de soldados fortemente armados correram para dentro da estação. Kris estava na retaguarda e se deslocou para um lado, antes de dizer:

— Capitão Kris, seção um operacional.

— Muito bem. — Ele ouviu a voz de Okto-Bar. — Pode prosseguir. Uma unidade de K-TRONs vai se juntar a vocês.

Kris comprimiu os lábios. Não gostava dos robôs silenciosos e pesadões. Tinha lutado batalhas o bastante para saber que, ainda que robôs e androides tivessem sua utilidade, na hora do conflito, era melhor ter ao lado seres que pensavam e sentiam. Kris admirava a reputação de Okto-Bar, mas ficou pensando se não fazia tempo demais que o general estava afastado da batalha para entender que enviar uma unidade de K-TRONs era um insulto para uma equipe de elite como a seção um.

— Não há necessidade. Podemos dar conta disso.

— É uma ordem, capitão.

— Entendido.

Ele nem tinha terminado de falar quando a unidade de robôs apareceu. Pararam todos juntos, com as armas empunhadas, e ficaram perfeitamente imóveis à espera de ordens. Kris teve que engolir a irritação.

— Unidade de elite, comigo.

Eles seguiram a equipe obedientemente enquanto o capitão os guiava até o coração da estação.

Guiado pela tal "garota dos sonhos" misteriosa, sentindo dentro de si as coordenadas de *por aqui* e *por ali*, Valerian conduziu Laureline até o centro da estação Alfa. A paisagem desolada da região, que parecia abandonada havia anos, não melhorava seu humor.

Ele imaginou se deveria manter suas conclusões para si mesmo, mas decidiu que não. Laureline era sua parceira. Tinha o direito de saber.

— Fomos enganados desde o princípio — revelou Valerian com uma carranca.

— Como assim?

— Estamos no meio do que eles chamam de "zona morta", e ainda assim conseguimos respirar normalmente.

Pequenos roedores passaram correndo, parando para olhá-los com curiosidade antes de seguir seu caminho.

— Estamos longe assim?

Ele assentiu, sombriamente.

— Você tem razão... Não há traços de contaminação — disse Laureline, olhando em volta.

— Foi tudo armado — disse Valerian, bravo. — Manipularam a gente, Laureline. Mentiram. Todo mundo, incluindo o general Okto-Bar. O comandante tinha pleno conhecimento de quem estava por trás do suposto "ato cruel e deliberado".

— O quê?

Laureline ficou olhando para Valerian, embasbacada. Ele se movia depressa, seguindo as instruções em sua mente, e ela se esforçava para segui-lo.

Vire aqui, Valerian ouviu.

Ele obedeceu, e os dois agentes se encontraram diante de um muro enorme. Em contraste com a paisagem em volta, aparentemente abandonada, aquela barreira parecia nova e imponente, composta por grandes placas de um material completamente desconhecido para Valerian. Enquanto ele e Laureline olhavam, as placas se moveram, deslocando-se e sobrepondo-se.

As coisas ficaram mais estranhas ainda quando, sem aviso, uma figura — alta, esbelta, pálida e muito bonita — saiu de lá e parou graciosamente à sua frente. Alguns momentos depois, outras quatro se juntaram a ela, todas lindas, luminosas e aparentemente amistosas.

Valerian se sobressaltou.

— Pérolas.

— Não foi assim que eu visualizei os autores de tais atos cruéis — disse Laureline, com um suspiro admirado.

— Meu nome é Tsûuri — disse o primeiro a surgir. Ele olhava Valerian com uma expressão estranha, meio nostálgica, meio sequiosa. — Sou filho do imperador.

— Ótimo. — *Dois imperadores em um único dia.* As emoções se revolviam dentro dele, mas ele sabia que algumas delas não eram suas. Valerian lutava para ficar no controle. — Por que não apresenta a gente ao seu pai?

— Ele está esperando por vocês — disse Tsûuri. — Venham comigo.

O pérola virou e atravessou o muro. Valerian hesitou, deu um passo à frente e esticou o braço.

O membro atravessou as pedras.

Valerian endireitou o corpo.

— Tente contatar o general e fazer com que todo mundo venha para cá — pediu a Laureline. — Enquanto isso, vou tentar ganhar algum tempo.

— Nem pensar — retrucou ela, balançando a cabeça. — Que tal você ir atrás dos reforços para variar?

Sem dizer mais nada, ela atravessou o muro, resoluta.

Valerian suspirou.

— Inacreditável — sussurrou Valerian antes de segui-la.

Valerian encontrou Laureline e Tsûuri esperando por ele do outro lado. Lá dentro, tudo era completamente diferente do exterior austero do muro. Ele tentou dar sentido ao que via, mas não conseguia encontrar as palavras. A comparação mais próxima que podia fazer era de que estava dentro de um zepelim, mas as paredes curvadas e cheias de nervuras não eram feitas de metal frio, mas de matéria orgânica. O que pareciam cestas de vime adornavam as paredes, mas feitas de galhos e grama. Valerian imaginou se era onde os pérolas dormiam, mas então se lembrou das lindas casas de conchas do seu sonho.

Havia inúmeros pérolas, e ficou claro para o agente que a nave tinha sido projetada para ser como aquele povo: simples, em contato com a natureza e altamente avançado ao mesmo tempo. Tsûuri os guiou por aquilo que tinha se tornado um vilarejo. Todos viravam o rosto pálido e bondoso para os humanos e inclinavam a cabeça dando as boas-vindas. Alguns portavam armas, enganosamente primitivas em design, mas que deviam ser muito mais do que aparentavam. No entanto, ninguém fez nenhum movimento ameaçador para os dois.

Outros ainda trabalhavam as paredes, fortes e esbeltos, tecendo, remendando, cuidando delas com um foco calmo e puro. Tsûuri os conduziu ao que parecia ser o centro do "vilarejo". Valerian notou algumas naves menores, como aquelas que tinha perseguido. Ali perto, o que pareciam ser máquinas muito sofisticadas estavam ligadas para criar outra, ainda maior.

No centro do vilarejo estava uma estrutura que ele e Laureline reconheceram das aulas de história.

Era o módulo *Destiny*, um laboratório de pesquisa que fora acoplado à estação espacial internacional no ano terrestre de 2001. De inúmeras maneiras, era o verdadeiro e perfeito centro da Alfa, além de sua origem.

O imperador pérola estava sentado no escapamento da cápsula, como se fosse um trono, mas era o soberano mais informal e acessível que Valerian poderia imaginar. Ainda mais bonito que seu radiante filho, ele sorriu gentilmente em boas-vindas. Ao seu lado, estava uma pérola fêmea de tirar o fôlego. Eles se deram as mãos com ternura e familiaridade, e Valerian soube de imediato que, independentemente da idade que aqueles seres tinham, estavam apaixonados fazia muito, muito tempo.

Então seu olhar recaiu sobre um colchão de palha no chão da nave.

O comandante Arun Filitt estava esticado, imóvel, aos pés do imperador. À distância, Valerian não sabia se estava vivo ou morto.

— Apresento vocês ao meu pai, o imperador — disse Tsûuri solenemente.

— Meu nome é Haban-Limaï, e esta é minha esposa, Aloi.

A voz dele era tão linda quanto seu dono e tudo o mais que havia em volta. Valerian estremeceu ao seu som.

O rosto da imperatriz se iluminou de felicidade.

— *Melo hiné!* Ficamos muito felizes em receber vocês aqui.

O olhar de Valerian se voltou para Tsûuri. Aquilo não passou despercebido ao imperador.

— Você conheceu meu filho pela manhã — observou ele.

— Rapidamente, entre algumas balas — respondeu Valerian.

Haban-Limaï olhou para Tsûuri com afeição antes de dizer:

— Meu filho sentiu a presença da irmã, a princesa Lïho-Minaa.

Seus olhos azuis profundos e hipnotizantes se voltaram para Valerian. Um tom cor-de-rosa suave e luminoso tingiu suas faces.

— Parece que ela escolheu você.

— Como assim? — perguntou Valerian.

Seu rosto distinto foi dominado por uma expressão de angústia.

— Somos um povo de vida longa, mas nem mesmo uma estrela pode brilhar para sempre. Ou uma pérola. No momento em que morremos, liberamos toda a energia que resta em nosso corpo na forma de uma onda, que viaja pelo tempo e pelo espaço. Colocamos nela nossas memórias e nossa alma, tudo o que sobra quando o corpo se vai, e lançamos para o universo. Às vezes, a onda se dissipa sozinha na escuridão fria. Mas nem sempre. Às vezes ela encontra um hospedeiro benevolente. — Ele fez uma pausa, então disse: — Minha Lïho-Minaa escolheu *você* como guardião de sua alma.

— Ah — disse Valerian em voz baixa. Então sussurrou para Laureline: — Não falei?

A imperatriz se levantou. Lágrimas se acumulavam no esplêndido azul de seus olhos. Suas faces também tinham um tom róseo suave e quente. Ela andou até ele, suas vestes laranja e bronze balançando com seus movimentos graciosos.

— Minha filha...

Valerian entrou em pânico por um instante quando a imperatriz estendeu suas mãos magras de dedos compridos para pegar a sua. Então, de repente, tudo nele que era pequeno e mesquinho, inseguro e autocentrado, temeroso e cheio de raiva, pareceu simplesmente se dissolver. A calma tomou conta de seu corpo. Ele respirou, com o ritmo ancestral de todo o mar atraído para a praia pela doce canção das luas, com cada beijo de uma mãe no filho amado, com cada riso bondoso, com cada suspiro tranquilo, com a vasta cintilação de cada estrela.

Pela primeira vez em sua vida enérgica e tumultuosa, Valerian se sentiu em paz.

Ele sentiu a pérola se agitar dentro de si, convocada pelas palavras saudosas de sua mãe. A imperatriz Aloi tomou um rápido hausto de ar. Laureline estava olhando para ele. Não, não para ele.

Para a princesa Lïho-Minaa.

— Ah, minha querida… Estou tão feliz em ver você — sussurrou a imperatriz, a voz tomada pela emoção.

Eu também, vieram… as palavras? Os pensamentos?

— Eu também — gaguejou Valerian. — Quer dizer, ela também.

O sorriso franco da imperatriz pareceu ainda mais contente diante das palavras do agente, e ela soltou sua mão. Ele não ousou olhar para Laureline. Ainda não. Um dos pérolas surgiu com bebidas. Eles aceitaram, mas não a tomaram.

O imperador levantou sua taça.

— À memória da minha filha!

Os dois humanos pararam com as taças nos lábios. Valerian apontou para o comandante.

— Se bebermos com você, vamos acabar como ele?

Ele tinha que perguntar, mas sabia a resposta. Desde que acordara do "sonho" com o mundo destruído.

O imperador com certeza viu aquilo em seu rosto. Ele sorriu, parecendo achar divertido.

— Seu amigo só está dormindo. Querem que o acordemos?

Valerian olhou de novo para o comandante e abriu um sorriso quando ouviu Filitt roncar de leve.

— Não precisa. E eu não o chamaria de amigo. — Valerian encarou o imperador, um pouco mais sério. — De onde vocês são?

— Ah, imaginei que você tivesse concluído isso sozinho.

Ele tinha. Mas uma coisa era pensar, outra era falar.

— Planeta Mül — disse Valerian, em voz baixa.

Os olhos de Laureline se arregalaram. O imperador continuou a falar, e Valerian visualizava suas palavras, tão reais como se tudo o que o pérola dizia passasse na frente dos seus olhos.

— Nosso planeta era o paraíso, e vivíamos em harmonia com os elementos.

Valerian viu as Doze Irmãs Sábias, como os pérolas chamavam as luas que orbitavam o planeta Mül, pairando de forma protetora sobre seu filho, o mar. Pescadores puxavam redes repletas de pérolas, que levavam para a praia e se punham a recolher, entre risos.

— Nossa atividade principal era pescar pérolas, que possuíam uma energia fenomenal. Elas fertilizavam nossas terras, controlavam os ventos e as marés...

Os pérolas se dirigiram a uma pequena cratera e nela viraram cestos carregados das joias.

— Três vezes por ano, dávamos à terra o que o mar havia nos oferecido. Vivemos em harmonia por incalculáveis séculos. — Sua voz ficou pesada. — Até o dia em que tudo terminou.

Valerian ficou tenso. Não queria passar por tudo de novo. Não queria ver as crianças rindo e brincando de pega-pega na areia branca da praia pararem para olhar o meteorito atravessando o céu, seguido por milhares de outros.

— No céu de Mül — disse o imperador —, outros povos travavam uma batalha brutal. Uma guerra que não era nossa.

— Sua filha morreu com a queda dos destroços — disse Valerian. Era uma afirmação, não uma pergunta.

— Sim — confirmou o imperador, a voz pesada de sofrimento. — Ela morreu... com outros seis milhões.

Fez-se silêncio. Laureline ficou muda, horrorizada, então bebeu o drinque em um único gole. Valerian virou-se para ela.

— O que está fazendo?

— Não sei — respondeu Laureline, na defensiva. — Eu... estava com sede! Posso beber outro desses drinques maravilhosos, por favor?

Não parecia que ela tinha achado a bebida maravilhosa. Só parecia que estava enjoada e preocupada com as revelações que viriam a seguir.

Então Valerian percebeu que também estava precisando de um trago.

CAPÍTULO 24

Nointan Okto-Bar se orgulhava de sempre manter o controle e seguir as regras. Nada de gestos espetaculares ou dramáticos, apenas trabalho duro, um olhar afiado para os membros da equipe que sempre mudavam e uma cabeça fria quando as coisas ficavam quentes.

Mas naquele momento ele segurava um copo vazio que até há pouco continha uísque, tentando acalmar os nervos que estavam mais abalados do que nunca. Okto-Bar olhava com pesar para a tela, resistindo à tentação de encher o copo. *Uma dose estabiliza o humor, a segunda o exalta*, disse para si mesmo.

De repente, a tela acendeu.

— Estabelecemos contato, general — informou Neza. Ele parecia tão animado e aliviado quanto Okto-Bar.

Já era hora, pensou o general, largando o corpo e endireitando a postura.

— Muito bem, capitão Kris — disse, a voz calma e firme como sempre —, estamos com você.

— Não vemos nenhum sinal de radiação ou contaminação. — A voz de Kris surgiu pelo rádio. — Pode confirmar isso?

O olhar de Okto-Bar percorreu a tela.

— Parece loucura, mas... confirmado. Nenhum traço aqui também.

— Vamos prosseguir sem as máscaras. Em frente.

Os olhos de Okto-Bar se desviaram para o copo vazio e logo voltaram para a tela. *O que está acontecendo?*

* * *

Os pérolas ofereceram mais bebidas a Valerian e Laureline. Eram geladas, doces e agradáveis, como os próprios alienígenas, e os agentes beberam agradecidos. Por fim, Valerian perguntou:

— O que aconteceu depois da explosão? Como vocês sobreviveram?

— Vagamos pelo espaço por muitos anos, em uma nave que não era nossa. Para sobreviver, nós aprendemos. Estudamos sua civilização, até os menores detalhes, procurando qualquer coisa que pudéssemos usar para nos manter vivos. Achamos uma parte da nave que abrigava algumas espécies vegetais. Plantamos brotos, coletamos gotas de água em folhas. Analisamos seu computador e aprendemos por tentativa e erro como funcionava. Então, um dia, fomos capturados por comerciantes de sucata. Depois de alguns anos, não tinham espaço para guardar mais nada e foram vender a carga em um enorme empreendimento.

— Esta estação — concluiu Valerian.

O imperador assentiu.

— A cidade dos mil planetas, onde, por centenas de anos, todas as espécies compartilharam seus conhecimentos e sua inteligência entre si. Com paciência e discrição, aprendemos com elas, e montamos nossa própria nave. Nosso planeta se foi, mas fomos capazes de reconstituir nosso mundo virtualmente.

— Impressionante — disse Valerian.

— Só nos faltam duas coisas — continuou o imperador.

— Um conversor Mül — disse Laureline.

— E uma pérola — completou Valerian.

— A única que Tsûuri conseguiu salvar — disse o imperador.

Valerian começava a preencher os buracos na narrativa.

— Então, há um ano, vocês sinalizaram sua existência e fizeram contato conosco.

Laureline também estava juntando as peças.

— E tudo o que pediam para compensar o tanto que perderam era o último conversor vivo, para produzir suas pérolas em massa — disse ela.

— Sim — confirmou o imperador. — Era só isso. Daríamos conta do resto. — Uma sombra se abateu sobre seu belo rosto. — Mas as coisas não saíram como o planejado.

— O que aconteceu?

Ele fez uma pausa, claramente ainda abalado pelos fatos.

— Uma unidade veio negociar conosco do lado de fora do muro, onde vocês estavam. Tsûuri foi até lá falar com eles. Estávamos tão felizes por finalmente conseguir honrar aqueles que haviam morrido tentando reconstruir o mundo que tanto havíamos amado.

"Um jovem capitão nos encontrou ali. Ele tinha uma caixa metálica ao seu lado, onde acreditávamos que estava o conversor. Parecia tenso, falando com alguém que não estava ali. Essa pessoa, o comandante da missão, perguntou em quantos estávamos. Quando o capitão respondeu, ele deu suas ordens."

O imperador fez uma pausa.

— O comandante da missão disse: "Não quero sobreviventes. Aniquilem todos eles!"

Valerian e Laureline olharam para ele. Não conseguiam acreditar. Sua própria gente? Por quê?

O imperador abriu um sorriso triste.

— O infeliz capitão pareceu confuso, mas obedeceu à ordem. Muitos dos nossos morreram. Alguns, incluindo Tsûuri, conseguiram atravessar o muro vivos.

— O quê...? Por quê...? — gaguejou Laureline, tão chocada que não conseguia formular uma pergunta coerente.

O imperador prosseguiu.

— Depois do ataque, continuamos observando o que acontecia do outro lado do muro, esperando que de alguma forma conseguíssemos resgatar os feridos. Mas não havia como, e não fomos os únicos traídos naquele dia terrível. O pobre capitão recebeu outra transmissão. Seu comandante gritou: "Eu disse sem sobreviventes. Aniquilem todos eles!" Então o capitão e seus homens foram mortos por robôs de metal preto, altos, lustrosos e impiedosos.

K-TRONs, pensou Valerian, sentindo-se enojado. *K-TRONS recebendo ordens de quem quer que estivesse comandando a missão.*

Ele e Laureline ficaram em silêncio. O que havia a dizer? Era tudo horrível demais.

— Somos sobreviventes, mas também testemunhas — disse o imperador em voz baixa. — De um passado que os humanos querem apagar e esquecer para sempre.

— Podemos perdoar — disse a imperatriz —, mas como esquecer?

Os agentes trocaram olhares tristes e indignados. Então Laureline falou. Sua voz era crua, quase como se tivesse chorado.

— Então vocês não tiveram outra opção além de roubar o conversor. Tsûuri contratou um profissional...

— Igon Siruss! — completou Valerian.

Tudo se encaixava.

Laureline continuou:

— Mas o zeloso major Valerian interveio durante a transação e recuperou o conversor.

— E nesse momento vocês ficaram desesperados — disse Valerian. — A única coisa que podiam fazer para recuperar o conversor era sequestrar o comandante e fazer com que dissesse a verdade.

O imperador assentiu.

— Agora vocês sabem de tudo. Nosso destino está em suas mãos.

O imperador foi até sua esposa. A imperatriz Aloi assentiu e ajoelhou ao lado do comandante Filitt, que ainda dormia. Gentilmente, apesar de tudo, ela passou um dedo comprido em sua sobrancelha. Ele acordou assustado e levantou num pulo.

— Onde estou? Homens! — Seu olhar recaiu sobre Valerian. — Major?

Filitt correu até os dois agentes e os colocou entre ele e o imperador.

— Major! Prenda essas criaturas imediatamente! Elas me sequestraram! São extremamente perigosas!

— São pérolas do planeta Mül — disse Valerian, com frieza.

Filitt o encarou. Um brilho assustado surgiu no fundo dos seus olhos, sendo logo substituído por uma dureza mais familiar.

— Sim, eles são. Me contaram uma história ridícula. Mas é impossível. Mül era inabitado.

— A existência deles prova o contrário, não? — escarneceu Laureline, apontando para os seres.

Filitt enrubesceu, e sua expressão pareceu ficar mais perigosa.

— Não havia vida no planeta, estou dizendo. Os detectores foram categóricos. Prenda essas criaturas! É uma ordem!

Os olhos de Valerian se estreitaram.

— Como você pode ter tanta certeza?

Filitt desviou os olhos.

— Porque eu... eu li os relatórios e...

Valerian concluiu para ele:

— E estava a bordo.

O agente já havia visto sua cota de criminosos encurralados. Sabia o que viria a seguir. Raiva, justificativas, súplicas talvez.

Filitt não o decepcionou.

— Sim — retrucou ele. — Eu estava a bordo. E tínhamos muito mais com que nos preocupar! Nossos cruzadores estavam sendo dizimados. Perdemos cinco mil soldados em um único dia. *Meio milhão de pessoas*, agente! Era uma completa carnificina!

O rosto de Valerian ficou a poucos centímetros do comandante.

— E estavam tão ocupados que nem perceberam os detectores indicando sinais de vida no planeta.

O comandante pareceu confuso.

— Ou, pior ainda — disse Laureline —, talvez soubessem que o planeta era habitado e decidiram sacrificá-lo mesmo assim.

Muita coisa tinha acontecido com Arun Filitt. Ele olhou para os dois jovens agentes, imaginando como o tinham encontrado, onde estava e o que tinha acontecido. Como tudo tinha se desviado tanto do caminho original. O que ele tinha feito não era necessariamente errado. Como aqueles dois poderiam compreender? Afinal, eles não estavam lá, tendo que tomar decisões que afetariam a vida de milhões.

E não havia vida no planeta. Não podia ser real.

Mas mesmo assim...

A memória, até então distorcida, editada, relegada a um canto de sua mente, surgiu como uma criatura mantida em uma jaula por muito tempo e finalmente liberta, irritada e era poderosa demais para ser contida.

— Acionar os mísseis! — ordenou o comandante Filitt elevando a voz acima dos ruídos da batalha, do barulho dos equipamentos danificados e dos lamentos dos moribundos. Através da cacofonia, ele de alguma forma conseguiu ouvir a voz em pânico do major Samk.

— Comandante?

O major estava em seu posto, operando o detector que procurava sinais de vida no planeta.

— O que foi?

A nave foi atingida novamente, e todo mundo cambaleou, agarrando-se a cadeiras ou painéis para se manter de pé.

— O planeta é habitado! — gritou Samk.

Filitt desviou o olhar do inferno que via na tela para encarar o major. Os olhos de Samk estavam arregalados, e ele parecia perturbado.

— Sabemos disso, é habitado por formas de vida primitivas! — gritou Filitt.

Por que Samk o estava fazendo perder tempo? Havia pessoas morrendo em sua nave e nas centenas de outras da frota.

— Não, comandante — corrigiu Samk rapidamente. — Por seres sencientes!

Filitt o encarou. Aquilo não era possível. O planeta não era habitado. Não podia ser...

Fique quieto, Samk, *pensou ele, descontrolado.* Não posso ouvir isso. Não agora.

Mas Samk insistiu.

— Detectei uma linguagem complexa e uma intensa atividade cerebral.

As palavras obrigaram Filitt a agir. Ele virou para o major e pegou seu distintivo. O detector imediatamente parou de funcionar.

— Major Samk — rugiu ele por entre os dentes cerrados —, estamos fazendo história aqui. Nem você nem um bando de selvagens vão ficar no meu caminho!

Mas Samk, aparentemente, não ia desistir tão fácil.

— É uma espécie inteligente, comandante. Sinto muito em insistir, mas a cadeia de DNA deles é maior que a nossa.

— Então nossa vitória vai ser ainda mais importante.

O comandante voltou ao seu posto. Ele não hesitou. Olhando as naves pegando fogo e explodindo na tela, apertou o botão que deu início ao apocalipse.

Filitt assistiu com um prazer frio e um senso de justiça à gigantesca nave inimiga ser atingida, perder o controle e cair em Mül. Sentiu apenas um leve remorso quando uma explosão estilhaçou sua superfície azul-esverdeada.

Era um planeta bonito... mas a guerra implicava baixas.

Uma voz masculina, fria e dura o tirou de suas lembranças.

— Então, quando você descobriu que os sobreviventes do planeta Mül estavam vivendo no coração da Alfa, decidiu apagar qualquer traço do seu erro em vez de encarar as consequências. Certo?

Filitt ouviu sua própria voz em sua cabeça, enquanto revia os pérolas emergindo do outro lado do muro. *Não quero sobreviventes. Aniquilem todos eles!*

O jovem capitão também tinha sido assassinado. Não havia sobrado nenhuma voz para se erguer contra ele. K-TRONs. Eram melhores que humanos. Sem lealdade, ideologia ou julgamento. Só obedeciam à programação. Simples. Limpo.

— Você destruiu todas as evidências que o major Samk tinha.

Não. Filitt não queria ver aquilo. Mas as palavras tinham sido proferidas, sem que ele solicitasse, e agora era incapaz de reconduzi-las para o canto seguro e escuro em que haviam ficado escondidas desde então.

Ele havia quebrado a fechadura da porta do major Samk e entrado em silêncio absoluto. Verificou antes de agir — uma olhada rápida na tela confirmou que Samk estava, de fato, escrevendo um relatório sobre o que tinha acontecido no planeta Mül.

Uma pena.

Filitt apontara o cano da arma para a nuca de Samk e puxara o gatilho.

— Era o único jeito! — explodiu o comandante.

A justificativa que tinha esperado nunca ter que dizer em voz alta havia sido arrancada dele. Filitt ficou olhando descontroladamente para os dois agentes, cujos rostos poderiam muito bem ter sido esculpidos em pedra.

— Vocês não entendem? — suplicou ele. — Admitir um erro dessa escala teria exposto nosso governo a perdas colossais e pedidos de compensação. A economia nunca iria se recuperar!

Os rostos só ficaram mais duros. Tinham decidido não compreender. A voz do comandante se elevou em desespero.

— Em um instante, perderíamos nossa supremacia, nossa *liderança*. Haveria sanções imediatas, e provavelmente seríamos banidos da Alfa, uma estação criada por nós, diabos! O acesso a todo o conhecimento e à inteligência da galáxia nos seria negado. Era isso que vocês queriam para a raça humana?

Filitt olhou para Valerian e depois para Laureline, mas não encontrou nenhuma simpatia da parte deles.

O comandante não ousava encarar os pérolas. Não podia se permitir pensar neles como nada além de obstáculos para a humanidade.

— É isso? — continuou ele, cuspindo ao falar. — Eu deveria nos levar à ruína e à degradação? Forçar nossa espécie a retroceder milhares de anos? O Conselho achou por bem proteger nossos cidadãos. Sempre e em primeiro lugar. Não é essa a sua função?

Ele bateu com força no próprio peito.

— E o meu? E o de vocês? Não é, agentes? Ou vocês preferiam que tivéssemos arriscado destruir nossa economia para salvar um bando de...

Ele se voltou para o imperador, incapaz de encontrar as palavras, olhando para ele com uma mistura de desprezo e ressentimento.

— Selvagens? — sugeriu Laureline.

Filitt voltou-se para ela.

— Sargento! Você está sob a influência dessas criaturas. Não misture as coisas. Eles são a ameaça. Eles são o inimigo!

O imperador, demonstrando uma paciência inacreditável, deu um passo na direção do comandante e colocou um dedo no peito do homem.

— *Você* é seu pior inimigo, comandante — disse ele, com compaixão. — A menos que acerte as contas com seu passado, não terá um futuro.

Filitt se afastou, assombrado com as palavras do imperador. Não. Ele estava errado. Tinha que estar. O único jeito de preservar a humanidade, e a si mesmo, era sumir com o problema imediatamente. Ele podia fazer aquilo. Quase tinha conseguido. Chegara perto de varrê-lo da memória do universo.

E ainda tinha tempo de cumprir sua missão.

— Major! — gritou Filitt. — Ordeno que prenda esse homem. Está me ouvindo?

— Podemos trocar uma palavrinha? — pediu Valerian.

Com os olhos ligeiramente arregalados, Filitt virou-se para encará-lo.

— O quê?

O soco veio tão rápido que o comandante Arun Filitt nem teve tempo de piscar.

CAPÍTULO 25

O comandante caiu no chão. Valerian fez uma careta e sacudiu a mão dolorida. Ele tinha colocado *muito* sentimento naquele soco.

— Foi uma boa conversa — disse ele para o corpo inconsciente no chão. Então olhou para o imperador: — Isso foi divertido, mas agora precisamos dar notícias para o nosso pessoal. Aqui. Isso é de vocês.

O agente pegou a pérola e entregou ao imperador. Ele olhou para a esfera pequena e perfeita na palma de sua mão, então fechou os dedos em volta dela e levantou seus olhos brilhantes e agradecidos para Valerian.

— Vamos consertar tudo — garantiu o agente. — Prometo. — Ele olhou para o comandante, e um sorriso surgiu em seus lábios. — Agora, preciso levar esse cara.

Quando se voltou, Valerian notou Laureline falando com a imperatriz. Os olhos da pérola estavam cheios de lágrimas, e a humana estava abrindo o compartimento que tinha no cinto. Ela tirou o conversor de lá.

— Ei! — gritou Valerian. — O que você está fazendo?

— Você deu a pérola, mas eles também precisam do conversor — disse ela, como se não precisasse de explicação.

— Eu sei, mas... — Ele se virou para o imperador com um sorriso que parecia mais uma careta. — Pode nos dar licença um segundo?

Valerian foi até sua parceira e segurou seu braço.

— Escuta — disse ele, mantendo a voz baixa. — O conversor é propriedade do governo. E provavelmente é o último em todo o universo.

— Ah… — disse Laureline, estreitando os olhos de raiva. — Então você segue a mesma filosofia do comandante? "O que é meu é meu, e o que é seu é meu também"? É isso que você está dizendo?

— Não — retrucou Valerian, ofendido —, mas fiz um juramento! Não temos autoridade para entregar isso aos pérolas.

Laureline se recusava a ser persuadida.

— Valerian, a Federação errou e precisa se retratar.

— Concordo, mas a decisão não é nossa. É do tribunal.

Ele conhecia sua parceira bem o bastante para saber quando estava prestes a perder o controle. O que aconteceu naquele exato momento.

— Eles estão a dezoito anos-luz de distância, Valerian! Só *nós* podemos consertar isso!

Valerian comprimiu os lábios com firmeza.

— Laureline, eu sou um soldado. Sigo as regras. É isso o que me torna quem eu sou.

Houve uma longa pausa. A justa raiva desapareceu do rosto da agente. Então ela disse baixinho, com uma sombra de tristeza em suas palavras:

— Viu? É por isso que não quero me casar com você. Você não tem ideia do que é o amor.

— Ah, por favor! — exclamou Valerian, o medo afiando suas palavras. — Essa situação não tem nada a ver com amor ou com nós dois!

As lágrimas brilhavam nos olhos de Laureline.

— É aí que você se engana. O amor, amor de verdade, é mais poderoso do que qualquer outra coisa, Valerian. Tem mais força que regras e leis. Que qualquer exército ou governo.

Laureline olhou para a imperatriz.

— Olha só para ela — disse com a voz cheia de admiração. — Perdeu todo o seu povo e uma filha, mas está preparada para perdoar. *Isso* é amor. Depositar sua confiança em alguém. — Laureline virou-se para ele. — E eu achei que pudesse ser esse alguém. Que… que eu talvez fosse a coisa mais importante na sua vida, Valerian.

— Você é — respondeu ele, com a voz tomada pela emoção. — Eu morreria por você, Laureline.

Mas aquela não era a resposta certa. Laureline sacudiu a cabeça loira, frustrada.

— Você não entende. Não estou pedindo que morra por mim. Estou pedindo que *confie* em mim.

Eles ficaram olhando um para o outro. O rosto dela estava radiante de intensidade, de desejo, de um anseio por conexão. Valerian realmente queria ser o que ela precisava. Entender do que ela precisava.

Por fim, ele perguntou, hesitante:

— Você tem certeza de que sabe o que está fazendo?

— Não — respondeu Laureline com sinceridade, assustando-o. — Mas tenho certeza de que se uma raça inteira for dizimada porque você não acredita em mim, nunca mais vou olhar na sua cara.

E, então, ele compreendeu. Confiança. Era claro que se resumia àquilo, não? Coragem, lealdade, até amor, aquilo ele poderia dar com facilidade. Mas Valerian conhecia a traição, e a confiança — real e verdadeira — lhe era mais difícil que qualquer outra coisa.

Mas ele confiava em Laureline.

— Tudo bem — disse ele. — Vá em frente.

Ela sorriu. Não com a boca, nem mesmo com os olhos, mas com o rosto inteiro, com todo o seu ser, que se iluminou como um sol. E Valerian soube que, independentemente do que acontecesse, tinha feito a escolha certa. Ela enxugou as lágrimas, deu um passo à frente e o beijou.

Seus lábios eram quentes e macios, e havia algo de doce e poderoso naquele beijo. Valerian se sentiu tonto e com a mente clara, tudo ao mesmo tempo. Ele tinha confiado em Laureline, e agora ela lhe oferecia um beijo que era comovente, doce, sem reservas e absolutamente real. Valerian se entregou, entregando-se a ela da mesma maneira. Quando ela se afastou e sussurrou "Obrigada", ele se sentiu bem. Era Laureline, e Valerian confiava nela.

Ela segurou o conversor em seus braços e caminhou até a imperatriz. Com um carinho de despedida, entregou a pequena criatura a Aloi. Ela chilreou e se contorceu alegremente enquanto afundava a cabeça no pescoço da imperatriz.

— Pronto — disse Laureline. — Somos os culpados pela destruição do seu planeta. É uma honra poder ajudar na sua recuperação.

— *Melinama*! — disse a imperatriz, com lágrimas nos olhos enquanto abraçava o conversor.

— Quer dizer "obrigada" — disse Valerian.

— Venham conosco — disse o imperador. — Vocês precisam ver o que a compaixão que demonstraram será capaz de fazer.

Os dois agentes o seguiram enquanto se aproximava de uma pequena cratera. Valerian se lembrou de ter visto uma parecida em Mül, onde os pescadores esvaziavam o que tinham pegado. O imperador entregou a pérola para a esposa. Ela a segurou com uma das mãos, mantendo o conversor na outra. O animalzinho cheirou a joia, então abriu seu focinho estreito e a engoliu. Valerian assistiu à porção superior do seu corpo reptiliano mudar de cor, como o pôr do sol, passando de um tom para outro. Ele não conseguia desviar os olhos e estava apenas vagamente consciente de que o resto dos pérolas tinha se aproximado, dando as mãos e formando um círculo em volta deles.

A imperatriz acariciou o conversor depois o segurou acima da cratera. Ele tremeu e cresceu, começando a encher o buraco com pérolas brilhantes e perfeitas.

Um som estranho, assombroso e lindo, surgiu em volta deles, e Valerian percebeu que os pérolas tinham começado a cantar. Seu coração estava acelerado e sua respiração ofegante, tamanha sua admiração.

Uma luz branca, brilhante e clara emanava da cratera. Então, como um vulcão em erupção — mas que solta relâmpagos em vez de lava —, dedos brancos crepitaram no ar, correndo ao longo das paredes curvas do zepelim. Um vento surgiu literalmente do nada, fazendo o cabelo de Valerian e Laureline voar. Cores, em matizes radiantes de uma concha opalescente, serpenteavam ao redor deles, e as marcas ao longo das laterais do zepelim escureceram. O céu explodiu sobre suas cabeças — um céu que Valerian conhecia, cheio de luas redondas e de um leve cintilar de estrelas no azul-escuro.

As rochas se projetavam para cima como se conduzidas à existência por fios de luz dançantes. Valerian sentiu a dureza do chão sob seus pés ceder ligeiramente conforme ele foi transformado em areia.

Ele e Laureline estavam assistindo ao nascimento de um mundo.

O crepitar daquela força criativa cessou, e o vento se transformou em uma brisa suave. Uma chuvinha fraca atingiu o rosto de Valerian. Ele fechou os olhos, então os abriu para descobrir que as paredes do zepelim tinham desaparecido.

No seu lugar, o agente viu inúmeros arco-íris, surgindo em todos os lugares depois da chuva. Com um ruído fraco e quase inaudível aos seus ouvidos, uma vegetação exuberante começou a crescer das rochas, formando raízes, folhas e flores. Tudo o que os agentes do espaço-tempo podiam ver agora eram infinitos panoramas com um céu azul aberto que se estendia no horizonte.

Valerian e Laureline ficaram de costas um para o outro, olhando para aquela maravilha que se desdobrava à sua volta. Em um impulso, ele estendeu a mão, à procura da mão dela.

Laureline tinha feito o mesmo. Suas mãos se uniram, os dedos se cruzando, o simples toque da pele humana tão mágico e lindo quanto o que estava acontecendo ao redor deles.

A imperatriz ainda segurava o conversor. Ele tinha voltado ao seu tamanho normal, e suas orelhas e seu rabo estavam caídos de exaustão. Valerian não o culpava. Tinha acabado de completar uma tarefa grandiosa.

Mas o conversor ainda não tinha acabado. Com uma última tossida, mais algumas pérolas caíram na cratera.

Eles ouviram antes de ver: um som profundo e primitivo. E então o mar, tão amado pelos pérolas, podia ser vislumbrado como uma faixa prateada no horizonte, com suas ondas enormes avançando. Por um instante, Valerian morreu de medo que tivessem criado inadvertidamente um tsunami. Mas o mar se acalmou imediatamente, tocando a faixa de areia branca sob seus pés com delicadeza.

Valerian sorriu. Aqueles eram os pérolas. Toda a sua cultura, todo o seu mundo, era baseado na harmonia e na tranquilidade. Tudo de ruim que havia em Mül tinha vindo de fora. Eles nunca dariam origem a um mundo com sofrimento.

Laureline apertou sua mão, então se voltou para ele sorrindo.

— Você não queria ir à praia?

A imperatriz caminhou até eles e esticou os dedos longos e pálidos para Valerian. Laureline soltou sua mão, permitindo que Aloi a pegasse.

Ela abriu um sorriso sereno para ele.

— Nossa filha fez uma boa escolha. Agora ela pode descansar em paz.

O sorriso que Valerian deu estava carregado de emoção, e o agente sentiu o rosto pegando fogo. Laureline também sorriu ao vê-lo enrubescer. Valerian respirou fundo, sabendo que a imperatriz estava certa. Quando expirou, sentiu um formigamento no corpo todo e um tremor leve na boca do estômago. Não era medo, e sim paz. E então um brilho azul o envolveu, colorindo momentaneamente sua visão com o mesmo tom particular do céu daquele novo mundo.

Era Lïho-Minaa indo embora, como uma folha voando com o último vento do outono. Valerian sabia que ela estava realmente em paz.

Mas em seu lugar ficou um vazio que ele não sabia que tinha dentro de si até que o espírito da pérola o preenchera. Valerian se sentiu estranhamente desamparado.

— Precisamos ir — disse o imperador.

Valerian assentiu, e a imperatriz apertou suas mãos uma última vez, então as soltou, indo para o lado do marido.

— Que você e o seu povo vivam em paz, aonde quer que se aventurem no espaço e no tempo.

A voz rápida e penetrante de Tsûuri interrompeu o clima tranquilo.

— Pai, há centenas de soldados cercando a nave. Eles colocaram explosivos nas paredes!

— Em um minuto estaremos longe daqui — assegurou o imperador.

Mas Valerian e Laureline continuaram tensos. Sabiam exatamente o que as palavras de Tsûuri significavam.

— Se as tropas estão posicionadas — disse Valerian, depressa —, vocês não têm um minuto. Há algum meio de se comunicar com o mundo exterior?

— Sim, mas estamos enviando sinais de interferência — disse Tsûuri. — Sem eles ficamos indefesos.

— Se não permitir que eu me comunique com eles, ficarão indefesos para sempre! — exclamou Valerian.

Ele olhou em volta desesperado, até encontrar a cápsula *Destiny* na areia macia. Era velha, mas funcionaria.

— Só um contato — disse ele.

O imperador olhou para ele, então assentiu.

— Eles se provaram dignos de confiança — disse para o filho. — Interrompa o sinal.

A parede parou abruptamente de se mover.

O capitão Kris olhou para as dúzias de minas que tinham sido fixadas ali momentos antes. Ele tinha contatado o general Okto-Bar e o informado de que os explosivos seriam detonados ao seu comando.

Agora olhava para a parede imóvel, então seu foco se deslocou para as centenas de soldados esperando atrás dele.

— Unidade em posição — disse ele para Okto-Bar. — Mas a parede parou de se mexer. Alguma coisa está acontecendo.

O suspiro de Okto-Bar foi audível pelo rádio.

— Nossa contagem regressiva é de seis minutos a partir de agora. Mantenha sua posição. Estamos tentando descobrir o que está acontecendo.

Imediatamente, os K-TRONs todos se puseram em guarda, as armas batendo contra as mãos metálicas, apontando para um punhado de alienígenas misteriosos que se materializou de repente diante deles, olhando com calma para os robôs, os soldados e o próprio Kris.

— K-TRONs a postos. Contato com o inimigo. São as mesmas criaturas que sequestraram o comandante.

— Estão mostrando sinais de hostilidade? — perguntou Okto-Bar.

— Não — Kris teve que admitir. Então acrescentou: — Por enquanto, não.

Nos ajude. Vocês têm algo de que precisamos.

As palavras do alienígena moribundo assombravam Okto-Bar desde que as tinha ouvido. Não conseguira se livrar delas, e agora aqueles seres estavam ali de novo.

— General? — disse Neza, interrompendo os pensamentos de Okto-Bar. — Mal posso acreditar nisso, mas… estamos recebendo um sinal. — Ele olhou para o general com os olhos arregalados. — Do módulo *Destiny*.

— *O quê?* — disse Okto-Bar, incrédulo.

— Parece com o major Valerian — disse o soldado.

Okto-Bar não podia acreditar no que ouvia.

— Transfira para mim.

Os segundos pareceram se estender até que ele ouviu:

— Alô?

Era realmente a voz de Valerian. Okto-Bar deixou escapar um curto ruído de espanto.

— Major?

— Sim, senhor! — A voz parecia aliviada. — Aqui é o major Valerian, com a sargento Laureline! Estamos vivos e do outro lado da parede. Interrompa o ataque imediatamente!

— Major — disse Okto-Bar, odiando cada palavra —, eu adoraria acreditar que é você, mas não consigo ler sua cadeia de DNA, e você conhece o procedimento. Preciso de uma prova de que não se trata de uma cilada e…

— Não é hora de seguir esses procedimentos idiotas!

Neza e Okto-Bar trocaram olhares. A voz certamente parecia a da sargento Laureline.

— Estamos aqui, droga! Com toda uma espécie que já tentamos destruir antes! Os pérolas do planeta Mül. Diga aos seus homens para recuar antes de cometerem um segundo genocídio.

Okto-Bar precisava ganhar tempo. Era um homem calmo e pensativo, e seguir o procedimento tinha funcionado durante toda a sua carreira.

Agora, não tinha certeza do que fazer.

— Definitivamente lembra o temperamento dela — observou Neza.

Okto-Bar concordou.

— Mas o planeta Mül não tinha habitantes — balbuciou ele, ligeiramente aturdido com a descoberta de que muito daquilo em que acreditava podia não ser verdade.

— Você sabe que isso não é verdade! — gritou Valerian. — O comandante Filitt estava lá. Ele deu as ordens. Organizou toda a operação para eliminar os sobreviventes, a prova viva de seu erro. Interrompa o ataque!

Neza se aproximou do seu superior. Bem baixo, para que não fosse entreouvido, murmurou:

— Isso explicaria por que o comandante estava interrogando aquela criatura.

Tudo se encaixou de uma maneira tão assustadora que Okto-Bar desejou poder negar. Ele parou a contagem regressiva em três minutos e catorze segundos.

— Contagem interrompida. — Laureline e Valerian soltaram suspiros de alívio diante das palavras do general. — O comandante está com vocês?

Os dois agentes trocaram um olhar, então puseram um Filitt ainda grogue de pé e o colocaram sentado na cápsula. Sua cabeça balançou, e ele voltou a roncar.

Talvez com mais prazer do que deveria sentir, Valerian deu um tapa na cara dele.

— Vamos! — disse o agente num tom alto e animado. — Acorda! Estão querendo falar com você.

— Comandante — veio a voz de Okto-Bar. — Está me ouvindo?

Nenhuma resposta.

Laureline deu um tapa ainda mais forte em Filitt. Ele acordou, murmurando:

— Ai!

— Vamos, cara — disse Valerian. — É hora de confessar.

Filitt piscou, confuso. Ele franziu a testa ao olhar em volta, visivelmente intrigado ao não encontrar o general. Hesitante, disse em uma voz um pouco mais arrastada.

— O… lá?

— Comandante Filitt, aqui é o general Okto-Bar. Está me ouvindo? Não conseguimos conferir seu DNA, mas sua voz confere.

O comandante sentou-se, estremecendo. Seus olhos focaram e, com uma voz clara, ele respondeu:

— Estou ouvindo. O que está acontecendo?

— Estamos prontos para ativar os explosivos de acordo com suas ordens — disse Okto-Bar. — Você confirma essas ordens ou tem algo para dizer que me permita impedir o ataque?

Filitt não respondeu de imediato. Valerian e Laureline ficaram tensos. Ele olhou para os dois. Com qualquer sedativo que os pérolas lhe tivessem dado expurgado do corpo, o comandante se endireitou no assento.

— Sou um soldado — disse ele, com a voz baixa, calma e intensa. — E um soldado sempre escolhe a morte à humilhação. *Aniquilem todos eles!*

CAPÍTULO 26

As palavras, brutalmente claras, ressoaram pelo rádio. Kris e seus homens ficaram atordoados, mas os K-TRONs, tendo recebido suas ordens, abriram fogo imediatamente. Balas rasgaram o ar, atingindo não apenas as belas e delicadas criaturas que supostamente eram o inimigo, mas a tropa humana também.

— Protejam-se! — gritou ele para seus soldados, obedecendo sua própria ordem. Assim que pulou em uma das trincheiras, uma bala atingiu seu ombro e ele caiu pesadamente.

— O que você acha que está fazendo? — perguntou Valerian.

— Não dei nenhuma ordem! — gritou Okto-Bar. — Kris, cessar fogo imediatamente!

O capitão apertava o ombro alvejado. Sob os ruídos dos seus homens retribuindo os tiros dos robôs metálicos, ele gritou:

— Não somos nós, são os K-TRONs! Eles estão nos atacando!

Okto-Bar estava completamente pasmo. Os K-TRONs seguiam apenas as ordens de Filitt, o que significava que…

Grandes formas de metal com luzes vermelhas sobre a cabeça surgiram na sala de controle, atirando em todas as direções.

— Evacuar! — gritou Okto-Bar.

Alguns de seus comandados se jogaram no chão, tentando se proteger. Outros caíram e não levantaram mais. Okto-Bar ficou atrás de um dos painéis de controle, atirando o melhor que podia nos implacáveis robôs.

Sob a saraivada de balas, um dos K-TRONs foi até o painel e apertou um botão.

A contagem regressiva recomeçou a partir de três minutos e catorze segundos.

Valerian mal podia acreditar. Eles tinham chegado tão perto...

— Vou ajudar Tsûuri — disse ele a Laureline, então virou a cabeça na direção de Filitt, que ostentava uma expressão presunçosa de triunfo. — Fique de olho nele!

— Ah, ele não vai a lugar nenhum — prometeu Laureline.

Valerian pegou suas armas antes de sair, mas olhou para trás a tempo de ver Laureline dar um soco forte na cara sorridente do comandante.

Ele se viu em meio ao caos da batalha entre os K-TRONs, os pérolas e as tropas humanas. Havia inúmeros casulos azuis espalhados, o que indicava que os alienígenas estavam dando trabalho.

— Alex — disse Valerian, gritando para ser ouvido acima das balas. — Se estiver escutando, carregue minha arma com tudo o que você tem!

Uma luz verde piscou na arma dele.

— Compreendido, major. — Veio a voz acolhedora de Alex. — Aí vai... cinquenta infras, vinte antifluxos, doze ultra-aquecedores.

— Obrigado.

— Você tem dez segundos.

Dez segundos. Valerian ia fazê-los valer a pena.

Valerian saiu da cobertura e abriu fogo. Mísseis de todas as variedades saíram de suas armas e os K-TRONs começaram a cair. Atingidos com força total, suas peças foram pulverizadas. Um robô foi completamente destruído, deixando apenas estilhaços. Valerian continuou atirando sem parar e com muita precisão no inimigo robótico.

De canto de olho, Valerian viu a parede começar a ondular. Os pérolas do lado de dentro começavam a selá-la. O agente estava ficando sem munição; restavam apenas cinco... duas... uma das oitenta e duas balas com que Alex o tinha carregado.

Mas os K-TRONs estavam no chão, reduzidos a pilhas inertes de metal derretido ou alvejado, soltando fumaça.

Todos menos seu capitão.

Faça valer a pena.

Valerian mirou na parte mais ampla do robô — seu peito largo e brilhante — e deu seu último tiro. Sem munição e quase sem tempo, ele correu para dentro uma fração de segundos antes de a parede ser completamente selada.

O relógio da sala de controle marcava um segundo.

A parede coberta de minas na zona morte ficou prateada e depois fosforescente.

A área toda explodiu.

Zero.

Na sala de controle da estação, ainda lutando contra os K-TRONs, Okto-Bar olhou para o relógio. *Não... Ah, não*, pensou ele, assustado com o próprio choque e sofrimento. *O que foi que eu fiz?*

O general descarregou todo o seu remorso e indignação contra os dois últimos robôs, virando-se para encará-los com uma fúria repentina e atirando sem parar.

O último deles caiu.

Neza olhou para Okto-Bar com os olhos arregalados. Alguns outros levantaram, atordoados, chocados, em silêncio.

Era verdade?

Eles tinham participado de um genocídio.

Tinha sobrado alguém para contar a história?

O silêncio e a quietude depois de toda aquela loucura era estranho. O capitão Kris podia ouvir sua própria respiração, e um pouco mais.

Não... havia outros movimentos agora que mais soldados se davam conta de que tinham sobrevivido.

Com cuidado, Kris observou o lado de fora da trincheira de olhos arregalados. Seu rádio crepitou.

— Sobreviventes? — Veio a voz de Okto-Bar, tomada pela emoção. — Capitão? O que está acontecendo?

Kris não respondeu por um momento. Estava olhando para o espaço onde a parede estivera. Não havia mais nada ali. Nada de destroços, nada de corpos caídos... apenas um grande buraco, como uma vasta cratera no coração da estação espacial.

— Não sobrou nada! — Foi o que ele conseguiu dizer a Okto-Bar. — Só um buraco. Tudo sumiu!

Outros começaram a levantar a cabeça e ver os pedaços de robôs, surpresos com o que encontravam.

— Nenhum traço dos nossos agentes? Ou do comandante?

Kris varreu a área lentamente com seus binóculos infravermelhos.

— Não, nada... Espere um pouco, vi alguma coisa! Um corpo!

No meio da cratera, bem acima na escuridão profunda, havia um corpo suspenso de algum lugar, balançando lentamente para a frente e para trás. Estava envolto em uma estranha substância pegajosa. Quando os binóculos de Kris voltaram a focar, o corpo girou ligeiramente, e ele pôde ver o rosto inchado e ferido da vítima.

— É o comandante!

— Ele está vivo? — perguntou Okto-Bar.

Seus olhos inchados se abriram, assim como sua boca.

— Me tirem daqui, seus incompetentes!

Kris sorriu.

— Afirmativo. Vivinho da silva.

— Ótimo — disse Okto-Bar. — Podem prender o comandante.

Laureline olhou para fora da *Destiny*, sorrindo diante da imensidão do espaço e das estrelas piscando, sem nenhuma nave, estação ou planeta à vista.

— Você tem alguma ideia de onde estamos?

Valerian olhou para o monitor.

— Estamos... a duas horas das nossas férias! — Ele lançou um sorriso por cima do ombro. — Acabei de disparar o sinal de socorro.

— Duas horas? Nossa! — exclamou ela.

— Eu sei — disse ele. — Duas horas presa comigo. Que saco!

— Nem me fala. — Laureline suspirou de forma melodramática, ainda olhando para as estrelas. — Uma eternidade!

— Então — disse Valerian —, agora que a missão acabou, talvez possamos voltar à nossa conversa.

Laureline voltou-se para ele, que mantinha as mãos nas costas.

— Conversa?

— Estávamos falando sobre nosso futuro — disse Valerian.

Laureline perguntou, brincando:

— Verdade? E o que o futuro nos reserva?

Ela esperava que ele começasse a narrar uma grande aventura, ou mencionasse de maneira sedutora e nada sutil algumas coisas que poderiam fazer a dois. Em vez disso, Valerian pareceu completamente sério, o que era raro, ao responder baixo:

— Você... eu... a gente...

Ele tinha uma aliança nas mãos.

O anel em si era tão simples quanto seria possível imaginar: um aro que ele tinha acabado de fazer com um dos grampos dela, torcido de modo a segurar uma joia.

Mas a joia...

Era uma única e perfeita pérola de Mül.

Lágrimas inundaram-lhe os olhos quando Laureline olhou para ela e pensou no que representava. Todo o sangue e a morte, toda a beleza e a vida. Quando ela ofereceu um sorriso trêmulo, Valerian viu em seus olhos que ela compreendia.

Esses olhos se arregalaram quando o agente ficou de joelhos.

— Feliz aniversário — disse ele, segurando o anel que era ao mesmo tempo a coisa mais banal e mais bonita do universo.

— Obrigada. Isso é muito romântico. A ideia foi sua?

— Sim, Laureline. — Ele engoliu em seco, e ela se deu conta de que a mão que segurava o anel tremia. — Você vai me dar a honra de se tornar minha esposa?

— Na saúde e na doença? — perguntou ela.

Ansioso, Valerian disse:

— Essa parte é negociável?

Laureline sorriu. Ela queria dar risada, chorar e fazer muitas outras coisas.

— Não — disse, apenas.

Ele endireitou os ombros.

— Então tá.

Laureline olhou para Valerian por um momento, então se inclinou e aceitou o anel. A felicidade dele mudou-se em perplexidade quando, em vez de colocá-lo no dedo, ela o depositou no painel de controle. O agente levantou, com uma expressão de dúvida no rosto.

Ela se jogou em seus braços, beijou-o e começou a tirar seu uniforme.

Sua expressão confusa se tornou um sorriso assanhado.

— Isso é um sim? — perguntou Valerian.

— É um talvez — respondeu Laureline.

Ela havia tirado uma das luvas e estava tirando a outra.

Valerian olhou para ela, totalmente confuso.

— Não sei o que pensar. É assim que o amor funciona?

— Não.

Laureline lhe lançou um olhar provocativo, com a respiração acelerada. Ela se inclinou para um beijo. Quando ele começou a retribuir com entusiasmo, ela se afastou e começou a tirar a jaqueta dele. A agente colocou a mão no peito de Valerian por um momento, sentindo seu coração bater.

— É assim que as mulheres funcionam. Uma princesa viveu dentro do seu corpo por um tempo. Você não aprendeu nada?

Ela jogou a jaqueta de lado e começou a passar as mãos por baixo da camisa dele. Para sua surpresa, Valerian a impediu. Ela olhou para ele sem acreditar.

— Eu aprendi algo — disse ele, sorrindo.

— E o que seria?

— Não comece algo que você não pode terminar.

Ela deu risada.

— Temos duas horas inteiras!

Valerian abriu devagar um sorriso malicioso.

— Pois é — disse ele, puxando-a para si e beijando-a com vontade.

Os braços de Laureline desceram por seu pescoço e ela pressionou seu corpo contra o dele.

As estrelas não eram eternas, mas eram tão antigas que nem dava para calcular a idade. Tinham visto muita coisa, e veriam ainda mais. Mas raramente seus olhares imparciais testemunharam eventos tão importantes como os que ocorreram naquele dia. Dois mundos tinham nascido. Um planeta vasto e extraordinário, com mar, céu, areia e tranquilidade.

E outro, muito menor, mas não menos significativo, consistindo de duas pessoas.

AGRADECIMENTOS

Agradeço enormemente aos criadores de Valerian e Laureline, Pierre Christin e Jean-Claude Mézières; e, é claro, ao incrivelmente criativo Luc Besson, que deu vida a eles no cinema. Obrigada também à minha agente, Lucienne Diver, e aos meus editores neste projeto, Natalie Laverick e Ella Chappell.

Publisher
Omar de Souza

Gerente Editorial
Mariana Rolier

Editora
Giuliana Alonso

Copidesque
Marina Góes

Revisão
Carolina Vaz
Elisa Machado

Diagramação
Ilustrarte Design e Produção Editorial

Este livro foi impresso pela RR Donnelley, em 2017, para a HarperCollins Brasil.
O papel do miolo é Chambril Avena $80g/m^2$, e o da capa é cartão $250g/m^2$.